THE ESSENTIAL LEVTOLSTOY
COLLECTION

野 果

托尔斯泰短篇小说集

央金◎译

时代出版传媒股份有限公司
北京时代华文书局

图书在版编目（CIP）数据

野果：托尔斯泰短篇小说集／（俄罗斯）托尔斯泰著；央金译.
—北京：北京时代华文书局，2015.9
ISBN 978-7-5699-0522-9

Ⅰ.①野… Ⅱ.①托… ②央… Ⅲ.①短篇小说－小说集－俄罗斯－近代
Ⅳ.①I512.44

中国版本图书馆 CIP 数据核字（2015）第 214491 号

野果：托尔斯泰短篇小说集

著　者｜（俄罗斯）托尔斯泰
译　者｜央　金
出 版 人｜杨红卫
选题策划｜黎　雨
责任编辑｜胡俊生　杨　洋
装帧设计｜张子墨
责任印制｜刘　银

出版发行｜时代出版传媒股份有限公司 http://www.press-mart.com
　　　　　北京时代华文书局 http://www.bjsdsj.com.cn
　　　　　北京市东城区安定门外大街 136 号皇城国际大厦 A 座 8 楼
　　　　　邮　编：100101　　电话：010-64267120　64267397

印　　刷｜河北信德印刷有限公司
开　　本｜880mm×1230mm　1/32
印　　张｜8.5
字　　数｜153 千字
版　　次｜2015 年 11 月第 1 版　　2024 年 5 月第 2 次印刷
书　　号｜ISBN 978-7-5699-0522-9

定　　价｜46.00 元

序

　　毛姆在《书与你》中曾提到："养成阅读的习惯，使人受益无穷。很少有体育运动项目能适合盛年不再的你，让你不断从中获得满足，而游戏往往又需要我们找寻同伴共同完成，阅读则没有诸如此类的不便。书随时随地可以拿起来读，有要紧事必须立即处理时，又能随时放下，以后再接着读。如今的和乐时代，公共图书馆给予我们的娱乐就是阅读，何况普及本价钱又这么便宜，买一本来读没有什么难的。再者，养成阅读的习惯，就等于为自己筑起一个避难所，生命中任何灾难降临的时候，往书本里一钻，不失为一个好办法。"

　　古人也说"开卷有益"。但面对浩如烟海的图书，如何选取有益的读本来启迪心智，这就需要有一定的鉴别能力。

对此，叔本华在《论读书》里说：

"……对善于读书的人来说，决不滥读是很重要的。即使是时下享有盛名、大受欢迎的书，如一年内就数版的政治宗教小册子、小说、诗歌等，也切勿贸然拿来就读。要知道，为愚民而写作的人反而常会大受欢迎，不如把宝贵的时间用来专心阅读古今中外出类拔萃的名著，这些书才真正使人开卷有益。

"坏书是灵魂的毒药，读得越少越好，而好书则是多多益善。因为一般人通常只读最新的出版物，而不读各个时代最杰出的作品，所以作家也就拘囿在流行思潮的小范围中，时代也就在自己的泥泞中越陷越深了。"

正如叔本华所言，"不读坏书"，因为人生短促，时间和精力都是有限的。

出版好书，让大家有好书读。基于这样一个目的和愿景，便有了这样一套"国内外大家经典作品丛书"，希望这些"古今中外出类拔萃的名著"，能令大家"开卷有益"。

编　者

目　录

伊拉司

在乌芬省住着一个巴希开人，他的名字叫伊拉司。

伊拉司的父亲还在世的时候，是个勤俭持家的人，虽然不是很富裕，但也勉强给儿子娶了媳妇。儿子成家不到一年，他就撒手长辞了。那时伊拉司的父亲所有的遗产加在一起也不过七头公牛、两头母牛、二十只绵羊。不过自从伊拉司当家之后，他便同他的妻子一起，每天勤恳劳作——早晨比别人起得早，晚上比别人睡得晚。他们天天如此，辛勤劳作了三十五年，终于成为本地的大富翁。

如今，伊拉司一共有两百匹马、一百五十头牛、一千二百只羊，此外，他还雇了许多农夫给他放牧，又雇了一些农妇，替他喂牛，挤马奶，做牛油。如此一来，伊拉司顿时成了仆婢成群的大财主，乡邻们没有一个不羡慕他，忌妒他。他们背地里常说："伊拉司真是交了鸿运了！穿的阔吃的也好，要什么有什么。像这种人活着才算有滋有味呢！"

自然，有了家财的伊拉司也结识了很多有钱有势的人，而且他们之间的交情都很不错。有些人羡慕他的财势，纷纷从远方跑来投奔他，他也个个好生招待，解衣推食，丝毫不吝啬。只要有人来访，他便立刻杀羊宰猪，忙成一片。他把马酪、清茶、羊肉等许多食物拿出来招待客人，如果客人来的多，他甚至还把大肥牛宰了用于待客。

伊拉司膝下有两个儿子，一个女儿。两个儿子业已娶妻生子，成家立业；女儿也出嫁了。那时候，伊拉司生活还不算富裕的时候，两个儿子都同他一起做工，牧马喂羊，吃了不少苦头。终于苦尽甘来，伊拉司成了远近皆知的富翁，两个儿子自然都养起高贵气来，田地也不种了，一天天变得游手好闲，都染上了纨绔的习气。大儿子爱喝酒，喝醉之后，每每打架生事。有一天竟被人活活打死。小儿子呢，娶了一个泼妇，那妇人整天在她丈夫面前搬弄是非，闹得一家人不得安生。小儿子又不听父亲伊拉司的话，最后伊拉司只得与他的儿子分开住。

伊拉司分给儿子房屋和牛马，让他们夫妻搬到外边去住。这么一来，他的财产就少了许多。不幸的是，那期间有好多羊病死，又遇着荒年，种的谷粒几乎都不生长，再加上冬天天寒又死了许多牲口，不少好马也染疫而死。那时，伊拉司真是交了厄运，况且他年岁已大，精力远不如从前，卖力气的事情自然也不能亲自去做。于是，财产也就所剩无几了。

到了他七十岁那年，皮服、庄稼、马具、厂车，种种家具变卖的变卖，老旧的老旧。一时间，伊拉司竟成了一个贫苦的人。唉，壮年的时候荣华享尽，不想到了老年却要遭受这样的苦楚，这真是他始料不及的事情。

如今，他的财产除了身上的衬衫、皮衣、破帽、坏鞋之外，竟一点值钱的东西都没了。他与老妻沙姆拮据的情形，真是叫人心酸。他儿子自从分家以后，早已迁往远方；女儿也死了多时，举目无亲，竟没有一个人可以帮助他。

那时他的邻居默哈买沙很怜悯他的境地。说来默哈买沙虽然算不上穷，但也不算富有，充其量也只是平平淡淡地度日子。但是他这个人的品性很善良，他看到伊拉司快要饿死的样子，心里很难过。出于同情，他就对伊拉司说："你和你的老伴一起到我这里来吧。夏天请你在我的菜园里做工，冬天请你帮我喂牲口，沙姆就负责养牛和煮奶酪。吃喝一切的用度，全由我一人供给。如果你需要什么东西，就请告诉我一声，我都可以给你。"

伊拉司自然是很感动，向默哈买沙道了几声谢，就同老伴一起到他家做工去了。刚开始的时候，他觉得很辛苦，不过后来慢慢地习惯了，也就勤勤恳恳地出力工作了。

主人雇了这样的帮手，也觉得很得力，因为老人从前也做过主人，自然知道各种规矩。所以做工方面也不懒惰，很忠心替主人家办事。倒是作为主人的默哈买沙觉得有些过意不去，他看见曾经那么高贵的一个人，竟然落到这步田地，心里很不是滋味。有一天默哈买沙家来了几个远房亲戚——其中一个人是个姆尔（俄国宗教中的司铎）。默哈买沙便叫伊拉司宰羊待客，伊拉司按照主人的吩咐将羊杀好，煮熟之后便端出来敬客。

客人在皮褥上坐下来，一边吃羊肉、喝牛酪，一边与默哈买沙讲话。伊拉司则进进出出忙着张罗客人。默哈买沙一回头正好看见伊拉司进来，便指着他对客人说："你看见从门旁经过的老人家了吗？"客人说："看见了，难道他有什么奇怪的事吗?"默哈买沙说:"奇怪倒是没有什么可奇怪的,只是这人的命不太好,你知道吗,他就是当年本地的大富翁——伊拉司。你从前应该听说过吧?"客人听了显然很惊诧,他说:"谁没听说过他的大名呢,只是他本人我倒是没有见过,只知道他名声很大呢!"默哈买沙说:"现如今,他只是一个一无所有的可怜人,他现在在我这里做工,他的老伴替我照料牲口。"

客人听完觉得很奇怪,不禁摇头咋舌,叹息着说:"可见这些所谓的幸福,就像车轮一般,一头高一头就低,如此循环,当真是没有一个准则来衡量。不过这老人家的运气已经这样糟糕了,他自己也觉得忧愁吗?"

默哈买沙说:"这一点儿外人就不知道了,不过单从外面看来,他见人倒也温和,脸上也看不到什么愁色,每天做工也没有什么抱怨的样子,这一点儿还真是让人纳闷呢。"

客人道:"能否让我和这位老人家说几句话?我想了解一下他对自己这一生的遭遇,有着怎样的感触。"

默哈买沙一边应和着一边高声喊道:"伊拉司,到这边来!请你来喝一杯牛酪,把你的老伴也一并请出来说几句话吧。"

一会儿工夫，伊拉司带着老伴一起来到客人和默哈买沙面前。他先向客人及主人请了一个安，又念了念祷告词，随后便挨着门坐在短椅子上，而他的老伴则揭开帘子到内室去，同女主人一起坐下。

默哈买沙给伊拉司倒了一杯牛酪，伊拉司接过之后佝偻着身子给众人道了谢，喝了一口就放下了。

客人问他说："老人家，你现在过得怎么样？回想从前那么优厚的生活你不觉得悲伤吗？在我看来你之前的生活是多么的幸福啊，可是如今却流落到如此地步，想想难道不是很可怜吗？"

伊拉司听完，先是微微一笑，继而说："说到幸福或不幸福的事情，我就算说给诸位听，你们或许也不会相信。不如问问我的老伴吧，她的性情耿直，心里想什么嘴上便说什么。她说给你们听的事情自然都是真实的。"

客人听了便对着帘子说："那么就请教你了，对于之前的生活和现在的生活，有什么样的见解？"

沙姆说："唉，我跟我的老头儿在一起已经有五十年了！从前，我们天天找寻幸福，一转眼几十年过去了，幸福却没有找到。如今我们的钱财没有了，就连我们老两口也来给人家做工了。或许这命运的转变在别人眼里是大劫难、大悲愁，可是这两年对我们而言，却是真正的幸福。没想到我们寻找了近五十年的幸福，就这样被我们找到了。所以，如今我们已经不需要别的什么东西了，这样的生活我们已经很知足了。"

沙姆的话，让客人很诧异，就是他们的主人默哈买沙也觉着她所说的话很奇怪。所以，他站了起来，把帘子揭开，他想要看看老妇人的脸色是什么样的。而这个时候老妇人也站起身来，她垂着两手，一边含着笑，一边看着她的丈夫。伊拉司的眼睛和老伴的眼睛撞在了一起，他也含着笑，什么话都没说。过了一会儿，老妇人又说："我所说的这些都是实在的情形，我并不是随便和你们开什么玩笑。如今回想起往事，我们浪费了半辈子的时间要去找幸福，家有万贯财产的时候，我们一点儿也没有体味到过幸福的滋味，如今我们穷得几乎一无所有了，幸福就这么出人意料地出现了。那我们还有什么要找的呢？"

客人道："那么照现在看，你们的幸福到底是什么呢？"

老妇说："那我就把这里面的缘由从头讲给大家听听吧：从前我们有钱的时候，我和我的老头子没有过一刻平安的日子。那时候我们彼此也不太交谈，也不会去关照自己的内心，当然，更没有向上帝祷告过。因为我们光是自己的事情就够忙的了！一会儿客人来了，就要操心，想怎么请他吃饭，送什么样的东西给他，我们总不能让别人在背地里笑我们小气吧！等到客人走了，我们还要去看着家里的那些仆人，不许他们偷吃闲食，更不准他们偷懒。每一样事情都要自己管，你们说说，这种日子到什么时候算是个头呢！除了这些，我们还要惦记着小牛、小马，生怕它们被狼掠去了或者被贼偷去了。忙了一天好不容易等到了晚上，结果躺下睡觉也睡不踏实，担心绵羊会压死小羊。好不容易要睡着了吧，忽然又想起了一件事情还没办，于是立刻起来，等到这件事情办好了，又想起今年怎样过冬的事情。总之，一天到晚总有操不完的心。那时，我和我的老头子真的是没有过一天惬意的日子，他说这件事情应该这样做，我偏说要那样做，吵架是经常有的事情。你们说这不是罪孽吗？所以说那个时候，我们简直就是在操心和罪孽中活着！怎么还有可能过上幸福的生活呢？"

客人问："那现在又是怎么样呢？"

老妇人说："现在我们俩可以说是和和气气的，每一句话都是一心一意讲出来的，它们都出于爱情。我们也没有什么斗嘴的事，也没有什么挂心的事，天天所想的就是如何伺候我们的主人。我们两人都认真做工，觉得替主人做事是一件很高兴的事情，心里总想着莫要让主人吃什么大亏，这样我们才觉得踏实舒服。等我们做完了工，中饭也有了，晚饭也预备好了，马酪也喝了。等到天一冷，我们也有柴烧，也有皮衣穿。空闲下来的时候，我们也有时间关照我们的心灵了，还可以祷告祷告上帝。哎，五十年来满世界找不到的幸福，却不料如今竟这样轻轻松松便得到了！"

客人听到这里，都不禁笑起来。

伊拉司说："诸位不要觉得我老伴的这些话可笑，这件事情也并不是笑话，而是我们人类应该有的生活。只是那时候我们太傻了，因为辛苦挣了那么多年的家业就这么没了，我们便常常哭泣。如今上帝用他的真理来开示我们！我们今天说的这些话，并不是要表明我们是何等的快乐，而是真诚地希望诸位能用你们的真心想一想这事！"

客人中的那位姆尔听闻到此，整个人突然严肃起来，他说："伊拉司和他的老伴所说的每一句话都是实在的见解，他们说得很对，我想圣经上所说的也不过如此吧！"

这时，客人们都停止了笑，大家一起陷入了沉思中。

穷 人

　　火炉旁，渔夫的妻子桑娜正在补一张破旧的帆。屋外，寒风正呼啸得厉害，汹涌的海浪拍击着海岸，溅起来一阵阵的浪花。海上正起着大风暴，外面漆黑寒冷，但这间渔家的小屋中却显得十分温暖和舒适。房间里，地上被打扫得干干净净，火炉里的火还没有熄，餐具整整齐齐地码在搁板上，发出净洁的亮光。一张挂着白色帐子的床上，五个孩子正在呼啸的海风声中安静地睡着。丈夫一大早便驾着小船出海捕鱼去了，可到了这时分还没有回来。桑娜听着屋外汹涌的浪涛声以及狂风的怒吼声，不禁心惊肉跳起来。

　　古老的钟表嘶哑地响着，敲了十下，十一下……可始终不见丈夫归来。担惊受怕的桑娜陷入了沉思：丈夫不顾自己的身体，在如此寒冷的天气中不惜冒着风暴出去打鱼，而她自己也是从早到晚地干活，却也只能勉强填饱肚子。五个孩子常年没有鞋穿，不论冬夏都光着脚跑来跑去；吃的也只有黑面包和鱼。不过，还是要感谢上帝的，毕竟孩子们都还健康，只这一点，就没什么可抱怨的了。桑娜听着屋外肆虐的风暴，一脸的担忧。"他现在在哪儿呢？上帝啊，请您保佑他，救救他，开开恩吧！"她一边自言自语，一边在胸前划着十字。

　　休息尚早。桑娜站起身来，用一块很厚的围巾包在头上，提着马灯便走出门去。她想看看灯塔上的灯是不是还亮着，也不知道能不能看见丈夫的小船。

　　出了门，海面上什么也看不见。狂风掀起她的围巾，卷着被刮断的什么东西敲打着邻居家的门。桑娜想起了那个正在生病的邻居，原本她傍晚就想去探望的。

　　"唉，她身边没有一个人照顾她啊！"桑娜这么想着，便敲响了邻居家的门。她侧着耳朵听，只是屋内没有人答应。

　　"寡妇的日子真是艰难啊！"桑娜站在门口想，"孩子虽然不多——只有两个，但是全靠她一个人张罗照顾，如今她又生了病。唉，寡妇的日子真是难熬啊！还是先进去看看吧！"

桑娜再次敲响了门，之后又反复数次，仍旧没有人答应。

"喂，西蒙！"桑娜向着屋内喊了一声，心里不禁思量，难道是出什么事了？想到这里，她猛地推开门。

屋里没有生炉子，又潮湿又阴冷。桑娜高举着马灯，想看清楚病人到底在什么地方。首先她看到的是对着门的地方放着一张床，而床上仰面躺着的正是她的女邻居。此时，她已经一动不动，是那种只有死人才有的一副模样。桑娜想看清楚些，便把马灯举得更近一点儿，不错，正是西蒙。她头往后仰着，一张发青的脸上显出死一般的宁静，一只苍白僵硬的手仿佛要抓住什么似的，从稻草铺上垂了下来。就在这个死去的母亲旁边，两个很小的孩子正沉沉地睡着，他们都是卷曲的头发，圆圆的脸蛋，一件破旧的衣服盖在他们蜷缩着的身子上，两个浅黄色头发的小脑袋紧紧地靠在一起。

显然，是这个母亲在临死的时候，用自己的衣服盖在了他们的身上，还用一条旧头巾包住了他们的小脚。现在，两个孩子睡得又香又甜，他们的呼吸均匀而平稳。

　　桑娜解下自己的头巾，用来裹住这两个正睡着的孩子，把他们抱回了自己家里。她的心跳得很厉害，她自己也不明白为什么要这样做，只是觉得一定得这样做不可。她把两个熟睡的孩子放在了床上，让他们和自己的孩子们睡在一起，之后，她赶快又把帐子拉好。

　　此刻的桑娜脸色苍白，神情也十分激动。她有些忐忑起来，不安地想："如果让丈夫看到了，他会说什么呢？这难道是闹着玩的吗？自己的五个孩子已经够让他为难的了……呀，是他回来啦？……不，不是，他还没回来！……为什么要把他们抱过来呢？……他一定会打我的！唉，那也是我活该，是我自作自受……被他打一顿也许心里会好过些！"

　　吱嘎一声，门开了，仿佛有人进来了。桑娜不禁一惊，忙从椅子上站起来。

　　"不，没有人！上帝啊，我为什么要这样做？……现在我要怎么对他说呢？"……桑娜坐在床前，久久地沉思着。

　　就在这个时候，突然，门开了，一股清新的海风直扑进屋子。又壮又黑的渔夫拖着湿淋淋的已经撕破了的渔网走了进来，他一边走，一边说："嗨，我回来啦，桑娜！"

　　"哦，是你！"桑娜紧张地站起来，低着头，不敢抬起眼睛看丈夫。

"瞧，这样的夜晚！可真可怕！"

"是啊，是啊，天气简直坏透了！哦，今天鱼打得怎么样？"

"糟糕，很糟糕！什么也没有打到，你看，还把网给撕破了。倒霉，真是倒霉！这天气可真是坏得厉害！我都已经记不起几时有过这样的夜晚了。这样凶险的天气，还谈得上什么打鱼呢！不过还是要谢谢上帝，总算让我活着回来啦。……我不在，你今天在家里都做些什么呢？"

渔夫说着，把撕破的网拖进屋里，然后在炉子旁边坐了下来。

"我？"被丈夫这么一问，桑娜脸色立刻就发白了，她支吾着说，"我嘛……缝缝补补……风吼得这么厉害，真是让人害怕得紧。我可真是担心死你了！"

"是啊，是啊，"丈夫应和着说，"这天气真是活见鬼！可是有什么办法呢！"

两个人突然都不说话了，他们沉默了一阵。

"你知道吗?"沉默一阵后,桑娜先开口说话了,"咱们的邻居西蒙死了。"

"哦?什么时候的事情?"

"我也不知道,也许是昨天吧。唉!她死得真是惨哪!两个孩子都在她身边,睡着了。他们还那么小……一个还不会说话,另一个刚会爬……"说到这里,桑娜沉默了。

渔夫听了,皱起眉来,他的脸突然变得十分严肃和忧虑。"哦,这真是个问题!"他说着挠了挠后脑勺,又继续说,"那,你看怎么办?得把他们抱过来才行啊,和死人待在一起怎么行呢!哦,我们,我们总能熬过去的!快去!趁着他们还没有醒来。"

但桑娜只是坐着,一动不动。

"你是怎么啦?你难道不愿意吗?你这是怎么啦,桑娜?"

"你看,他们已经在这里啦。"桑娜说着拉开了帐子。

三　死

那是一个秋天。大道上两辆马车飞一般地跑着。前面那辆车上坐着两位女士：一位是憔悴瘦弱的夫人，一位是满面红光，体态丰盈的女仆。已经褪色的破帽子底下，女仆极干燥的短头发乱蓬蓬地披着；冻得发紫的手上戴着一双满是破洞的手套。她在不住地整理自己的一头乱发。毛毡围巾下面是一对高凸的胸脯，一起一伏，呼吸显得很急促。她那一双亮晶晶的黑眼睛，一会儿望向窗外看一晃而过的田地，一会儿看看自己的女主人，且露出十分忧愁的神情，一会儿又呆望向车厢的角落。在她头的侧边，挂着女主人的一顶帽子，她的膝下一只小狗懒懒地躺着，脚底下是许多小箱子横七竖八地放着。此刻，她的耳边只有轳轳的车轮声和清脆的玻璃撞击声响个不停。

女主人斜靠在背后的枕头上，两手搭在膝上，闭着眼睛，身体随着车子的颠簸颤巍巍地摇着。她轻皱了下眉头，跟着咳嗽了一下。她的头上戴着一个睡眠用的白纱网。一条蓝色的三角纱巾系在白嫩的颈间。她的头发是金黄色的，皮肤白嫩，两颊泛着胭脂红，这一切都能显出她的美貌。她的嘴唇看上去十分干燥，两道眉毛格外浓重。她是生病了的，此时，她正闭着眼睛养神，神情显得十分疲惫。

车外，一个仆人正靠在车椅上打盹。而车夫则一边嚷着，一边用力地鞭打那匹满身是汗的马；间或回头看一下后面的那辆车。泥土道上车痕又深又宽。那时候天气又阴又冷。田地里和大道上都笼罩着一层浓雾，就连车里也都弥漫着尘土。病妇回过头来，慢慢地张开一双清秀的眼睛，恨恨地说了句"又这样了"，便用抬起瘦弱的手推开了碰到她脚的女仆的外套。她一边推着，嘴里又一边喃喃着，不知在说些什么话。

见此情景，女仆玛德莱沙便站起来，把自己的外套收拾好，又坐下来。病妇只是眼睁睁地看着女仆在收拾。之后，她两手撑在座位上，原本想挪一挪身体靠上坐一点，可最终还是没有力气。她生气极了，便对这女仆说："麻烦你帮一帮我，好不好？咳嗽就不必帮了！我自己也会的，不过劳烦你不要把你的东西放我身边。"说完，她便闭了闭眼睛，随即却又睁开眼来看那女仆。玛德莱沙也看了她一眼，什么也不说，只是紧紧地咬着嘴唇。病妇深深地叹了一口气，气还未叹完，却又咳嗽起来。她只得翻了一个身，浓黑的眉毛皱了皱，两手捂住胸脯，这样一来，咳嗽总算是止住了。她又闭着眼睛，坐在那里一点也不动。

等两辆车跑进村子时，玛德莱沙伸出双手开始祈祷起来。病妇问："你这是干什么？"她答："到一站了。"病妇说："我是问你，你为什么在这里祈祷？"她又答："太太，你看，那不是教堂吗！"病妇听了，忙回过身，学着女仆的样子朝着窗外一所大教堂，慢慢地祷告。

两辆车都在站前停下。病妇的丈夫和医生从另一辆车里走出来，他们来到病妇的车前。医生先是摸了摸病妇的脉，问："现在你感觉怎样？"丈夫也问她："亲爱的，你不累吗？不想出来走走吗？"这时，女仆已经收拾好包袱，站在一旁，她没有打扰他们的谈话。病妇答道："没有什么感觉。还是老样子。我就不出去了。"

　　她丈夫在外面站了一会儿，便到车站休息厅里去了。玛德莱沙也跳下车来，她蹑着脚，踩着泥泞一路走到大门处。此时，只剩下医生还站在车前。病妇笑着对他说："虽说我的情形不好，那你也不能为这就不吃早饭了。"医生听了，只好迈着轻缓的步子向站里走去。医生刚走，病妇幽幽地说："显然我的身体状况让他们都无法开心起来。唉，我的上帝！"

　　医生走进站里，正遇见病妇的丈夫，那位丈夫笑着对他说："我叫人把茶具拿进来，你觉得怎样？"医生道："当然可以。"丈夫皱了皱眉，叹了一口气，问："我太太的病情究竟怎样？"医生回答说："我早对你说过，她根本不可能到达意大利，能到莫斯科，就已经很不错了。况且又是这样的天气，更难说了。"那丈夫一边用手蒙住眼睛，一边说："唉，那我该怎么办呢？"话刚说完，他就看见一个人把茶具拿来，于是喊道："拿到这里来吧！"医生耸耸肩，说："我看还是让她留在这里吧。"丈夫说："除此之外我还能怎么办呢？我已经想了许多法子阻拦她。我说我们到外国去根本不现实，一来我们的存款不多，二来小孩子们又需留在国内，三来我们的工作又很忙。可是不管我怎样说，她始终听不进去。她还是在那里计划着到外国该如何生活，她从来不想她是个病人的事实。可是，如果对她说出真实的病情，那不等于是要杀死她吗？"医生安慰他："你应该明白，她已经是死的了。人没有肺，是活不了的。肺没有了，怎么能再生出来呢？我知道，这是很难让人接受的事情，可是我们也没有什么好法子啊？到这个时候，我们的责任，就是让她走得平静些。但这需要有教士跟随着才好。"丈夫叹气："唉，可你也要明白我现在的处境。我什么也做不了，只能听天由命，随着她的心愿来，我是不能向她说实情的。你一定也了解，她可是一个很善良的女人。"医生听了，摇了摇头："我看还是劝她留在这里过了这个冬天再做打算吧。不然接下来的道路就恐怕更艰难了。"

一个小姑娘从站上走到门前台阶处，嘴里嚷道："阿克舒沙！阿克舒沙！快到那边去看看吧，有一位从剂尔金城来的太太。听说是因为痨病，才要到外国去的。我还没有看见过得痨病的人是什么样的呢。"阿克舒沙听到这话，立刻跳到门外边。于是，两人手拉着手跑了出去。来到门口，他们蹑着脚，站在车前探头向里面看去，那个被小姑娘认作是痨病病人的女士也回头看他们，见他脸上都露出惊奇的神色。她不解，皱了皱眉，便又回过头去了。那个小姑娘赶紧回过头来对阿克舒沙说："哦，简直太美了！真是很少见的！我看着心里觉得难过极了。阿克舒沙，你看见了没有？"阿克舒沙答应道："啊！看到了，她真是太瘦了！再看一看去吧。你看，她又回过头来了。我又看见她了。

唉，真可怜，玛沙！"被唤做玛沙的小姑娘说："这地上真是脏得很。"说完，两人便回门里去了。

病妇想："可见我这个人实在是很可怕的了！还是尽快到外国去吧，那时我的病就可以痊愈了。"

过了一些时间，她丈夫又来到车前，一边嚼着面包，一边说："亲爱的，你现在觉得怎么样了？"她想："总是这样的话，有什么意思呢，你自己不是还在里面吃东西。"想罢，她无精打采地说："没有什么。"丈夫又说："亲爱的，我怕这种天气舟车劳顿，对你的身体很不好。埃度阿尔也是这样说的，我看我们还是回去吧！"她听了丈夫的话十分生气，索性一句话也不再说。丈夫又道："等天气好了，道路好些了，那时候你的身体也稍为强壮一些了，我们再到外国去，好不好？"她道："别怪我直言，如果一开始我就不听你的话，那么现在我早就到柏林了，这身病怕也好的差不多了。"丈夫说："唉，这是不可能的。你只要再在国内待上一个月，你的病就会好起来，那时我的事情也办完了，这样我们就可以带着儿女们一起去。"她不悦："儿女们身体都很健康，而我却病着呢。"丈夫继续安慰："你看这种天气，以你现在的身体走在路上，肯定很不舒服的。我想还是住在家里的好。"她显然是有些恼怒了，说："在家里好？……是死在家里吧！"她说到"死"字时，自己的心里也惊了一下，然后她看向丈夫，脸上露出十分惊疑的神情。丈夫不敢再看她，只得垂下头来，一言也不发。她觉得十分委屈，眼泪不由得流下来，丈夫用手帕掩住自己的脸，默默地走开了。

她觉得难过极了，抬头望着天空，两手交叉着，喃喃地说："不，我一定要去。唉，我的上帝啊！"说完，眼泪像雨珠一般落下来。她哀哀地祷告起来，希望一切都能好起来。她的胸间还是格外疼痛，身子这样难受，天空还是这样阴沉沉的，雨似下非下，层层叠叠的浓雾漫上来，蒙在道路上、屋顶上、车上和车夫的大衣上。那些车夫正在那里收拾车轮，说说笑笑，十分高兴。

二

马车已经套好，车夫却拖延了起来。他正往车夫所住的屋子走去，里屋闷热脏乱，黑漆漆的，弥漫着烤面包和煮白菜的气味。几个车夫坐在外屋，炕边站着厨女，炕上的羊皮中间躺着一个病人。突然一个少年车夫跑进屋来，他身上穿着件皮衣，腰里别着鞭子，对那病人说："郝范道尔老伯！喂，郝范道尔老伯！"旁边的一个车夫喊道："你一进来就问他做什么呢？人家全等着你开车呢！"那个车夫挠了挠头发说："我想问他借一双鞋，我自己的鞋坏了，不能走路了。啊！他已经睡熟了吗？喂，郝范道尔老伯！"少年车夫说着便走到炕前。只听见一个微弱的声音传来："什么事？"接着，一双瘦得不成样子的脸从炕上的黑暗里缓缓探过来，老者伸出一双干瘦发青的手，颤抖地把被子稍为放正一些。这位被称为郝范道尔的老者身上穿着一件极脏的衣服，上气不接下气地说："唉，兄弟。你让我睡一会儿好不好。这时候你又有什么事呢？"

那少年车夫一边把水罐递给他，一边迟疑地说："郝范道尔，我想你现在的身体这样不好，应该也穿不着新鞋。既然你走不了路，能不能把你的鞋借给我穿？"老者没有马上表态，只是把头伸进罐子里，胡子也沾在水面上，没命地喝起水来。他胡须又脏又乱，一双忧愁的眼睛时不时地看向那车夫的脸。

喝完水之后，他原本想着抬起手来擦一擦嘴，可惜竟抬不起来，只好胡乱地在被单上擦了一通。他一边喘气一边用力看着那少年车夫。少年车夫开口说话了："也许你已经借给别人，那就没有法子了。现在天气阴得这样厉害。我却还要赶车上路，所以我才想到向你借双靴子穿穿，实话说，你现在着实也没有什么用处。不过我也能理解你说不定不肯借给我，那么就请你直说吧……"

老者还是没说话，他的胸部忽然咕噜作响起来，随即便低着头大咳开了。这时候，炕前的厨女忽然发怒了，她嚷说："他有什么用处？两个月没有下炕。你看他咳嗽得这样厉害！就晓得他的内脏已经受了伤。都这个样子了，他还穿什么鞋？再者，穿着新鞋埋在地下，那是很不值得的。唉，他真的快要死了，我看还是赶快把他搬到别的屋子里去的好。比如说让他去城里的病人区，要不然他一个人就占了这屋子的一半，这以后叫我怎么做事呢？"厨女刚说到这里，站长忽然在门外喊道："塞雷格！快出去吧，老爷们等着你呢！"

被唤做塞雷格的少年车夫等不到老者的回答，正要出去，那老者却忽然在咳嗽间隙，将两眼往上一翻，那意思就是答应了塞雷格的请求。没过一会儿他就止了咳，休息了一下才开口说："塞雷格，你把那双鞋拿去吧。不过等我死的时候，你必须替我买块石头。"塞雷格说："老伯，谢谢你，那我就拿去了。石头你放心，我一定给你买。"老者又说："大家都听见了吧，麻烦给做个见证！"刚说完，又低着头咳嗽起来。有一个车夫说："好了，我们都听见了。塞雷格你快出去吧。一会儿站长又该跑来了！那个从剂尔金来的太太也正病着呢！"

塞雷格当即就把自己那双又大又破的鞋脱了下来，扔在床底下。他穿上郝范道尔的鞋子很合适。他一边低头瞅着脚上的鞋，一边就走出去了。来到车前，他马上爬上车去整理缰绳。一个手里拿着毛刷的车夫说："哟，这双鞋子还不错，是白送给你的吗？"塞雷格笑着说："怎么，你忌妒了？"说着，他便扬起鞭子，向几匹马呼喝着挥去。

两辆车上路了，没多大工夫，就消失在蒙蒙的黄雾里，顺着那泥泞的道路远去了。

那老者呢，那时候还躺在小屋的炕上，他已经不咳嗽了，勉强支撑着翻了个身子，便不说话了。

小屋里，从早到晚来来往往的人照旧不少，也有在这里吃饭的，可是没有人去理会那炕上生病的老者。薄暮时分，厨女爬到炕上，从他脚下取出一件大衣。老者对她说："娜司达姬，你也不要再讨厌我了。过不了多久，我就会给你腾出这块地方了。"娜司达姬说："得了，得了！不要紧的，老伯。你哪里不舒服，就跟我说一说。"老者说："身体里处处痛得很，唉。"娜司达姬道："那你咳嗽的时候，喉头痛不痛？"老者呻吟着说："每一处都痛，我知道我快死了。唉，唉，唉……"娜司达姬一边给他盖好被子，一边说："你的脚还是要盖好的。"说完，她便从炕上爬了下来。

到了晚上，小屋里点上了一盏烛灯，光线很是微弱。娜司达姬同十个车夫一块儿睡在地板上，不断发出鼾声。郝范道尔则在炕上辗转，咳嗽的声音也越来越微弱。之后，再也听不到他的声音了。

第二天一早，天还未全亮，娜司达姬突然起身说："我做了一个奇怪的梦，我好像瞧见郝范道尔老伯从炕上爬下来，要出去砍柴。他说，'娜司达姬，我来帮你。'我说，'你去哪里砍柴呢？'他也不理会我，只是拿起斧子就砍，砍得十分灵便。那木屑竟纷纷地飞扬起来。我说，'你不是生着病吗？'他说，'不，我很健康。'他说了这句话之后，我心里嗡的一惊，然后就醒了。难道，难道他已经死了吗？喂，郝范道尔老伯！……"

没有人回应，郝范道尔无声无息，这时候，其中的一个车夫醒了，他说："难道是真的死了吗？快去看看他吧！"

待大家来到炕前，发现那只垂在炕旁的干瘦的手已经冰冷了。车夫说："等下到站长那里去报告他死了。"郝范道尔是一个外地人，可怜的他在这个举目无亲的异乡就这么死掉了。第二天，他被葬在林后的新坟地。那天之后，娜司达姬多次向大家描述自己所做的梦，并且说她是第一个对郝范道尔的死有预感的。

三

春天来了。城里道路泥泞，路旁有一条小河，河水夹在冰块中间正湍急地流着。人们穿着色彩明媚的衣服，来来往往。花园里的树也发青了，微风吹过，树枝摇来摇去。到处都滴着水点……鸟雀振翼而翔，十分欢快。阳光照着万物，那些花园房屋，那些参天大树，一派欣欣向荣之象。无论是在天上，还是在地上，在人心里，都充满着活泼朝气。

大街上，一座房屋高耸着，院门前铺着一片青茵。房间里躺着的正是那位想赶到外国去生活的垂死病妇。房门外站着病人的丈夫和一个老妇——病妇的表姐。牧师坐在门边的椅子上，垂着眼睛，手中不知道在倒弄什么。房间的椅子上，一位老太太（正是那位病妇的母亲）正伤心地哭着。一个女仆站在她旁边，手里拿着一条手帕伺候着，另一个女仆则替这位老太太擦着两鬓。

病妇的丈夫对同他站在一起的表姐说："亲爱的，求求你。一直以来她很相信你，你和她也很投脾气，所以请你劝劝她吧。"说完，他便要替她开门，表姐见势连忙拦住他。随后，她先用手帕擦了好几次眼睛，用手理了理耳边的头发，轻轻说："现在应该看不出我哭过了吧。"说着她便自己开门走了进去。

丈夫心里很着急，也很悲伤。他想到老太太那里去，可没走几步，便回过身来，然后在牧师那里停住脚。牧师看了他一下，看着天空长叹了一声，斑白的胡须也随着他的下巴抬上去，随后又落下。

丈夫说："唉，我的上帝！我的上帝！"牧师叹息："这又能怎么办呢？"说完，他的眉毛和胡子又抬起来，落下。丈夫顿足道："母亲如今也是这个样子！她肯定忍受不住。她是这样疼她，爱她，可我也没有办法。眼下，能否请你去安慰她一下，劝她离开这里。"

牧师缓缓起身，踱步走到老太太面前说："慈母的心真是无人能比，但是上帝也很慈悲的。"老太太听闻此处，脸色越发阴沉下来，一副十分悲怆的样子。过了一会儿，牧师继续说："上帝是很慈悲的。告诉您一件事，我来的时候，也有一个病人，比玛丽的病还糟糕。你猜怎样，一个寻常人不知用了点什么草，一下子就把那人治好了。据说现在这个人还在莫斯科。我同华西里说过，不然带着玛丽去试一下。至少可以给病人一些安慰。"老太太却不为所动，依旧凄然地说："您不用这样安慰我，我知道她已经活不了了。上帝叫她去，还不如叫了我去好。"那位丈夫听到这里，不由得两手掩着脸，从屋里跑了出来。他刚走到回廊那里，便遇见一个六岁的孩子。此刻，那孩子正高高兴兴地和一个小女孩追逐着戏耍。仆人问:"怎么不让孩子们去看看他们的母亲呢?"丈夫说:"不行呀,她不愿意见他们。一见到他们,她的心里就难受。"

男孩站在那里停住脚,很仔细地看着他父亲的脸色,忽然又高高兴兴地往下跑去了。一边跑着还一边指着在他前面的姐姐说:"爸爸,你看她头发在放光!"

就在这时,另一个房间里,表姐正坐在病妇身旁,娓娓而谈,她在给病妇传授死的念头,医生则站在窗旁弄药水。

病妇穿着一身白衣,身后用枕头垫着,一双眼睛不住地看着表姐。突然她说:"唉,亲爱的,你也不要替我预备了,也别当我是个小孩子。我是基督徒。我心里全明白。我知道我没有多少时间了。我知道如果我的丈夫早早能听我的话,到了意大利,或许我早就健康了。你就这么对他说吧。不过这有什么办法呢?上帝已经这样决定了。我知道我们身上都背负着很多罪,但我真的希望能得到上帝的恩赐,并且希望我们所有人都能得到上帝的宽恕。我自己很明白,我身上也有不少罪孽。所以,虽然受了这么多的苦,但我还是愿意极力地忍受下去。"

表姐说:"不要请牧师吗?让他替你忏悔一下,这样,你的心灵一定能轻松些。"

病妇点点头，又轻声道："上帝！饶恕我这个罪人吧。"

表姐从房间内走出来，向牧师招了招手。对丈夫说："亲爱的，这是安琪儿！"丈夫不由得黯然泪下。牧师走进门，一旁的老太太悲伤得已经一句话也说不出来。前厅里静悄悄的，没有一丁点儿的声响。约莫过了五分钟，牧师走了出来，他拿掉颈巾，整理了一下头发，说："她现在安静多了，她想见见你们。"

表姐和丈夫先走进去，看见病妇正望着神像，嘤嘤哭泣。丈夫说："亲爱的，祝贺你！"病妇笑了笑说："谢谢你！现在我觉得心里很舒服，并且感到一种不可思议的幸福。上帝很慈悲的！是这样吧？慈悲全能的上帝！"病妇说完，睁着一双泪眼，又重新望向神像，露出一种哀求的神情。突然，她又好像想起一件什么事情来，便招呼她丈夫过去，幽幽地说："我请求你的事情，你始终都不愿意去做。"她丈夫伸着头颈说："亲爱的，你说什么？"

"有好几次我曾对你说过，这些医生没有丝毫用处的，况且又是这么极平常的女医生，她们能治好病吗？……刚才牧师说……那个平常人……你去……"

"亲爱的，你想让我去找谁？"

病妇皱着眉头，闭上眼睛，慢慢地说着："我的上帝啊，你怎么还是一点儿都不明白……"

看到病妇的样子，医生马上走上前去，拉住她的手。她的脉象已经十分微弱了，医生向病妇的丈夫使了一眼色。病妇看到了这个神情，不由得恐惧地望着医生。

这时，表姐回过身来，抑制不住地哭了。

病妇说："不要哭了，不要让自己和我都这样难受。你看，你这么一哭，我怎么还能得到最后安息呢。"

表姐轻吻她的手说："你是安琪儿！"

"不，请吻我这里，只有死去的人才吻手呢，我的上帝！我的上帝！"

当天晚上，病妇就去世了，棺材停在大厅。大厅里，房门紧闭，牧师一个人坐在那里哼哼地念着"大街歌。"忽明忽暗的烛光折射在死妇惨白的额上和白蜡般的手上。牧师没有感情的语调死气沉沉地在那里念着，或许，他自己亦不明白口中所念的是什么意思。房间里，四处都是静悄悄的，只有隔壁房间里小孩们嬉笑的声音，远远传来。

"掩盖上你的脸——平息你的灵魂——死了，变成死灰。送来你的灵魂——重造世上的脸。愿上帝永远祝福你。"

棺内，是一张十分凝肃的死人的脸。冷洁的额头和厚厚的嘴唇动也不动。她看上去还是那么得意，只是不知道她明白不明白牧师说的这些话？

四

一个月之后，那位女死者的墓上已经建造起来一座石头的教堂。而那位病死他乡的车夫的墓上，却连一块石头都没有，只有一些青草冒出了头，一些堆起的黄土，勉强让人知道这里埋着一个穷苦的人。

有一天，车站上的厨女说："塞雷格，你真是罪过，到现在还不给郝范道尔买一块石头。你总说冬天买，冬天买，可到了现在怎么连一句话也不提了呢，何况这件事情和我也有着关系呢。他生前可是求过你一次的，如果再不买，你心里能过得去吗？"

塞雷格搪塞："我并没说不买呀，而且我也不会忘记。只是做任何事情都是需要时间的。等我一进城，立刻就可以买来了。"

　　一个老车夫看不过，也说："就算给他立上个十字架也好啊。你不要这样忘恩负义，你看你脚上，到现在还穿着人家的鞋呢。"

　　"说得轻巧，到哪里取十字架去，要用柴片来做吗？"

　　"你说什么？柴片怎么可以。你只消提着斧子早早儿到树林里去砍下一棵树来，就成了。前几天，我的一根秤坏了，就去砍了一根新的，也没有什么人说不可以。"

　　第二天一大早，塞雷格就提着斧子，到树林里去了。那时候夜露正浓，东方已白，微弱的晨光射向层层云朵笼罩的天空。地上的草，枝上的叶，没有一丝响动。只听见鸟儿振翼的声音穿破树林深深的寂寞，忽然在那里响起了一种奇怪的声音，一下子又不响了。等了一会儿，这样的声音又在另一树下响起来。树枝轻轻动了那么几下，树上的鸟儿喳喳地叫了几声，便跳到别的树上去了。

　　斧子砍在树上的声音很大，雪白的木屑落在草上，整棵树都在颤动，一下一下的，俯下身去又起来，像是十分害怕的样子。顷刻间，世界又沉默了，树身又弯下腰来，只听见树根上响起了轧轧的声音。最后，整棵树离开了它的根，倒在了地上。斧头砍动的声音和人走路的声音都已听不见了。鸟儿还在跳来跳去地叫着，树枝摇晃了半天，也就停了下来。许多树木在清新的空气里互相端望着，看上去还是那么快乐。

温暖的阳光穿破层云，照耀在大地上。浓雾笼罩着整个山谷，露水在青草上嬉戏，一朵朵的青色云朵在空中漂游。鸟儿鸣叫着，树叶轻语着，柔软的枝条灵动地在死去的树前摆动着。

风　雪

一

　　晚上七点钟，我喝完了茶，走出车站。如今，那个站名叫什么，我已经不记得了，只记得是在新柴卡司克附近的董军兵营那里。那时候，夜色已经浓了，我穿着一件皮袄，同阿莱司卡坐上了雪橇车。驿站附近天气倒还不错，还很温暖。虽然没有下雪，天上却见不到一颗星星，洁白的雪地在我们前面铺开一片，天空和雪地比起来，便显得又低又黑。

水车摆动着它的大轮翼，正在那里摇摇晃晃着，我们刚从它的暗影底下走过，然后又从一个哥萨克的村落穿过。前面的道路越发难走了，风也开始变得猛烈起来，肆虐地从我的左面吹来，马的尾巴和鬃毛被吹倒在一边，马蹄和雪橇撑溅起的残雪也被扬洒起来。车铃也似乎被冻哑了，冷气从袖口灌进来，直接打到背上，直到那时我才想起驿吏劝过我的话，他要我暂时不要走，如果迷路的话肯定会挨一夜冻。想来，他这话还真是不错。

我有点担心了，便对车夫说："我们可不要迷路啊。"见他没有回答，我索性很直接地问："车夫，我们走得到驿站吗？我们会不会迷路？"车夫没有回头，只答说："这个谁能说的准呢！你看，地上的雪堆得这样厚，根本找不到一点路，这可真要命啊！"

我继续问："你先想想再说，我们有希望到驿站吗？你觉得能到吗？"

车夫说："应该能到的。"下面他又说了些什么话，但风大的缘故，我根本就听不见。

如果再折回去，我自然是不情愿的，可在这种不毛之地，又逢漫天风雪的境地下，挨一夜的冻，我也着实很担心。再说那个车夫，虽然是在晚上，我并没有看清他的样子，可是不知为什么，我心里总有点不喜欢他，自然也就不信任他了。他身材魁梧，盘着腿坐在中间，说话时声音却带着一种十分懒散的意味，而且，他的帽子也不像是车夫戴的——帽檐四面的面积很大，再加上他赶马的姿势，我总觉得哪里不对劲儿。他只用两手执着缰绳，就像是坐在车夫位置后面的仆人一般。当然，这些还不是我不信任他的重要原因，最令我感到不安的是他总用毛巾捂着他的耳朵。总之，这个挡在我前面的粗壮又佝偻的背，实在让我不喜欢，所以我才把他看得如此一无是处。

阿莱司卡对我说："要我说咱们不如现在就回去，在这里挨冻谁也不高兴！"

车夫还是喃喃自语着："真要命啊！雪层堆得太厚了！前面的道路一点儿都看不见。现在我的眼睛只能眯着。真是要命啊！"

马车刚走出还不到一刻钟的时间，车夫就勒住了马，他把缰绳递给了阿莱司卡。随后，他从座位上跳下来，踩着一双大靴子便走向雪里，去寻找道路了。

我有些不放心，便赶紧问："怎么回事呀？你这是去哪里？我们迷路了吗？"但那个车夫并不回答我，风正迎着他的脸吹在他的眼睛上，他一边躲着风，一边离开雪车，朝前方走去。

过了一小会儿，他回来了，我问他："喔，怎么样？前面有路吗？"

他看上去很气愤，语气也是愤愤的，他对我说："一点也没有。"他说这话的时候，带着一种忍无可忍的神情，好像造成他迷路的原因全在我似的。他在雪地中停了一会儿，然后又慢慢地坐上了车，用一双冻得发抖的手整理着缰绳。

车子又启动了，我再次问道："我们怎么办呢？"

"还能有什么办法！就听天由命吧。"

马车缓缓地行进着，有些慌不择路的感觉，一会儿走在正在融化的雪上，一会儿走在光滑的雪冰上。天气虽然冷得很，但雪落在衣领上，融化得还是很快的。被风吹起来的雪花飞得很起劲。

这种天气下，我们实在不知道往哪里走，马车行驶了一刻多钟，我们连一根记里数的柱子都没有看到。

我经不住又问车夫："你觉得我们走得到驿站吗？"

"到什么地方？如果现在回去，那些马或许可以把我们送到原来的驿站去；如果再往下走，我看一定更要迷路了。"

我马上回答他说："那我们就折回去吧。真的。"

车夫又追问："你确定真的折回去吗？"

"是的，是的，我们回去吧。"

车夫听了立马放松了缰绳，马儿也像卸下了重担一般跑得十分迅速，我虽然觉不出是不是调转了方向，不过我能确定风向已经变了。接着，在这个冰天雪地中，我开始能隐隐分辨出几座水房。可能是心里踏实下来的缘故，车夫胆子似乎也变大了，他开始和我们交谈起来。

他说："这样雪天里，我们只能回到之前的驿站，在柴堆边暖和地住一夜，到明天早晨再走。想想看，能够在柴堆上睡觉，那是多好的事情。不然，我们全身都要冻坏的，你看，这鬼天气实在是太冷了。要知道，如果被冻伤了腿，三星期内就会死去的。"

我说："可现在并不觉得有多么冷，而且风也没那么大了，能走吧？"

"冷倒是不太冷，不过还有风雪，咱们现在往回走，自然会好很多。当然，往前走也不是不可以，但你看，风雪还是下得很密，能不能到就要听天命了，否则冻坏了可不是儿戏。以后这个责任谁负得起呢？"

二

就在那时，后面忽然有马铃声传来，很快便有几辆车飞一般向我们这边赶来。我们车子上的车夫说："这是'库里埃'的铃铛，全站只有这么一个。"

果然，那辆车上的铃声响得格外清脆，而且无比洪亮。后来我才知道这是邮车上用的东西：一共有三个铃铛——最大的那个在中间，发出最大的声音，两个小的声音较低沉。这两种声音混合在一起，在这种极寒僻壤之地响起来，能够让人的精神为之激越。

三辆车中的最前面的一辆车子赶了上来，同我们这辆车并排前行。我的车夫说："走得真快呀。"说完停了一下，他又对后面那个车夫喊道："怎么样？前面有路吗？可以走吗？"只是那人只朝着自己那几匹马大声嚷喊着，并没有回答他。

邮车一辆接一辆从我们旁边经过，铃铛声也随着马车的远去继而听不见了。我那车夫似乎有点惭愧的意思，于是对我说：“老爷，我看我们也跟着走吧！你看他们刚走过，现在车迹还是新鲜的呢。”

我觉得也有道理，便答应了。就这样，我们又重新逆风而行，顺着厚厚的雪层向前赶去。我探出头小心地看着道路，这样就可以避免我们的车偏离前面几辆车留下的印迹。大约走了两俄里的路程，车迹还是清晰可见，不过越往后走，车迹就变得越来越模糊了。

我们又往前行进了一些路程，那时我们已经分不清楚是车迹还是寻常吹透的雪层了。我不停地往下看着雪橇底下压着的雪，看得眼睛都酸了。之后，我抬起头向前望去，第三个里柱还能够看得见，第四个却已经找不到了。我们又开始像之前一样，一会儿顺着风行，一会儿逆着风行，一会儿往左，一会儿往右，之后那个车夫竟说我们的线路已经偏右了，我坚定地说是偏左，而阿莱司卡却说我们是在往后走。

就这样，我们不停地停车，车夫也不停地下车来寻找道路，到了最后，只剩下绝望。我只好自己下车，想证实一下我所想象的是不是道路。令人沮丧的是，我顶着风千辛万苦地刚走上几步，便发现四面除了白雪堆，什么都没有，所谓道路原来也只是我的想象而已。我不死心，又继续走了几步，最后竟连自己乘坐的那辆雪车也找不到了。

我惊慌了，大声喊道："车夫！阿莱司卡！"

可是吹来的狂风一点情面也不留，把我的声音硬生生地从嘴里夺了去。我只好向着停车的地方跑去——可是车已经没有了，向右走去——还是没有。我不由得又急又怒，便大声又喊了一声"车夫！"其实那时他正站在离我两步远的地方。如今回想起来，心里真是觉得有些惭愧。接着，一个高个子的人出现了，他手里执着鞭子，头上戴着大帽子，就那么出现在我面前，并带着我来到雪车旁。

是的，他就是我的车夫。他说："幸亏天气还暖，不然，天一冻——那可真就倒霉了！"

我坐上了车，对车夫说："放松马缰绳，让它走回去吧。我们能走得到吗？喂，车夫？"

"应该可以走得到。"

于是，他放松缰绳，用鞭子在马身上打了两下，车子又轳轳地走了。大概走了半小时，忽然，在前面的位置我们又听见了那熟悉的铃声，这一次有两个铃，他们是迎着我们而来的。还是之前的那三辆车，显然，他们已经把邮件卸下了，所以才跑回站上去。前头一辆"库里埃"车，驾着三匹雄壮的马，铃声锵锵作响，在前面跑着。里面坐着一个车夫，只顾着大声地喊着。后面的两辆车，每辆车上坐着两个车夫，正在很高兴地交谈着什么。其中一个人抽着烟，火星在风里吹着，映照着他们的半张脸。

看着他们，我感到特别惭愧，我想我们的车夫或许也有同样的感想吧，因为当时我们两人竟异口同声地说："跟着他们走吧。"

三

最后的那辆车还没过去，我的那个稍显愚钝的车夫就把自己那辆车转了过来，直接和最后一辆车撞上。这样一撞，马受了惊，撇掉缰绳。就往旁边跑。

"这个家伙！眼睛真是不中用，竟撞到人家车上去了。真是没用！"一个身材短小的车夫气忿忿地说，他正坐在后边那辆车上，从他的嗓音和身段判断，他应该是个老人。当时他气呼呼地从车上跳下来，一边恶狠狠地骂着我的车夫，一边跑去追马。

那马跑得也快，老车夫跟着追去，一会儿连马带人都消失在风雪的白雾里去。

依稀还能听到那个老车夫的声音："瓦西里！快把那只骝马带来吧，恐怕捉不住啊。"

话音刚落，一个身材高大的车夫跳下雪车，一声不响地把自己那辆车卸下。然后拉起一匹马骑上就踏着雪跑过去了。

那辆"库里埃"车还是摇着它的铃儿，向前奔跑着，我们的那辆车也就同其他两辆车跟在后面。这时，我的那位车夫似乎也有了喜色。

大家没什么事，便闲聊起来。我问他是哪里的人，做过什么事情，后来才知道他是我的同乡。他是图里斯克省瓦村人，家里的田地不多，自从霍乱病后，五谷也不种了。他的家里有两个兄弟，第三个兄弟出去当兵了。他说家里困难，在复活节以前，面包就不够吃了，所以只得借债来维持生活。他的家里是他另一个兄弟做主，因为兄弟已经娶妻，而他自己是个鳏夫。他说他们那村里每年有很多人出来当车夫，还说他若是不当车夫，就要到邮政局去工作，不然一家人的生活就很难维持。他还说他住在这里，每年有一百二十卢布的收入，把一百卢布寄到家里去，剩下的自己留着用。

说完这些，他停了一会儿，之后又开口："喏，这个车夫嘴里骂些什么东西？真讨厌！难道我是故意惊跑他的马吗？难道我是恶人吗？再说了，为什么一定要追过去呀！那些马自己会回来，不然，不把他们冻死了才怪呢！"

我看见前面有个乌黑的什么东西，便问："那边黑的是什么？"

他说："那是货车。你看多么可爱的车呀！"说着，他就走到那辆用席子盖着的大车旁边。只见那辆车正慢慢向前行驶着，他接着说："你看，都没有人管，全都睡了。这匹聪明的马却认得道路，一步也不会迷失……"

车夫的话让我产生了好奇，我仔细看着这辆大车，从席顶到车轮都覆满了雪，却又好像在一步步地向前挪动着。当我们这几辆车来到大车跟前乱响起车铃的时候，我才发现车子前面一匹骏马正伸着头颈，弓着腰背，一步一步在崎岖的道上走着。

大概过了半个多小时，车夫又对我说："老爷，你看我们走得对吗？"我回他："这个我怎么晓得呢。"他随即说："一开始的时候风向还对，可现在又跑到暴风底下来了。好像也不对，我们并没有向那个方向去，看来我们又要迷路了。"

　　车夫这个人胆量是很小，不过等到我们人一多，他不需要指导人和负责人的时候，他就会安心许多。所以，他自然要细心观察着前面那个车夫的错误，这样真若是有什么差错，他也可以摆脱自己的干系。

　　当然，我确实也觉得前面那辆车有些古怪，它有时在我们左边，有时却在我们右边，更让人不安的是我竟以为我们是在极小的范围里旋转着。不过，这也许只是我的错觉，因为我有时还觉得前面那辆车一会儿升上山去，一会儿爬在山坡上，一会儿又在山脚底下走着，其实那些地方全是平原。

　　又走了很久，远远地——在地平线那里——我仿佛看见一条黑长的带子在那里移动。过了一会儿，我才看清那是被我们超过去的那辆货车。雪依旧盖在笨重的车上，人依旧睡在席子底下，车前的那匹骏马依旧弓着背，垂着耳朵去寻觅那道路。

　　我的车夫于是又抱怨开了："你看，我们是在转圈子呢。我们又遇见那辆货车了！库里埃的马领着我们白走了这么多路，眼看着今天是要走一夜了。"说到这里，他咳嗽起来，停了一会儿接着说："老爷，我看我们还是往回走吧。"我问："为什么？他们去哪里，我们也去哪里就好了。"他说："就这么跟着他们随便走吗？我担心我要在旷野里住宿了。你看雪堆得这样厚。是要出人命的！"

前面那个车夫显然是已经迷失了道路，但他却不去寻找对的方向，依旧很高兴地喊叫着，没命地向前奔跑。这很让我好奇，于是我也就不顾一切，索性就紧跟着他们走。所以，当时我便很坚定地对车夫说："跟着他们走吧。"

车夫只得依顺着我，不过很明显他已经没有之前那么情愿了，所以也就不再理会我。

四

风雪越来越肆虐，雪粒又干又细，直直地从天上落下来。我的鼻子和两颊已经冷得发红，冷气拼命地钻进皮裘里去。雪车也开始颠簸起来，偶尔还会撞在光滑结冰的雪岩上面。提心吊胆地走了这么长的路，我自己也早已觉得疲困异常，眼睛也有些不受控制地合上，打起盹来。眯了一会儿，待我再次张开眼睛时，眼前的景象使我惊讶异常，我看到有一道明亮的光线照耀着雪白的平原，平地也比之前广阔了许多，又黑又低的天空早已消失不见了，四处都是积雪的白斜线，前面还有几个明显的黑影。后来，我又抬头向上一望，方发现黑云已经散去，洋洋洒洒的雪花布满了天空。

这时我才恍然，原来在我打盹的时候，月亮就已经升起来了，它穿破那层并不坚固的黑云和正在降落的雪花，闪耀出一道又冷又明亮的光线。令我看得最真切的，就是我的那辆雪车、几匹马以及三辆在前面走着的马车：最前面的一辆车上坐着的依然是那个车夫，和之前一样那么急急地赶路；第二辆车上照旧是那两个车夫坐在那里抽烟，因为我看到烟火气和忽明忽暗的火星一阵阵地从车里袅袅飘出，我便断定他们一定在那里抽烟；第三辆车上看不见有什么人，或许车夫正在车中睡觉吧。

在我醒来后，我发现最前面的那辆马车上的车夫，也时常停下车，下来找路。当我们的马车也停下来的时候，风吼得正厉害，空中的雪团也下得越来越密集。月光下，我看见车夫的那又低又矮的身影，他手里正拿着鞭子，一点一点地拨动着前面地上的雪层，他的身影就那么前前后后不停地在白雾中移动着，等过一会儿，他又走回来猛地跳上车。就这样，在这种单调又枯燥的风声里，我们又得以听见那响亮的喊声和铃声了。

马车就这样走走停停地前行。每当最前面的那个车夫跳下车，寻找道路或者草堆标记的时候，第二辆车里总有一个车夫发出那种爽朗而又自信的声音，那声音对着前面的那个车夫喊道："意格拿司卡，你听着！现在应该往左走，向右的话可就背着风了。"或者这样喊："我说老弟，你要向右走，向右走！那边有乌黑的东西，或许是柱子也说不定。"又或者这样喊："你这是在忙些什么呢？你把那匹骗马驾在前面不就好了吗，它会立刻带你找到路的。这样事情也就妥当了！"

出主意的人就在车里这样说着，但他自己既不去驾驭前面那匹马，也不到雪地里去找寻道路，而且他连鼻子都不肯从鸵毛领里伸出来。他这么指挥来指挥去的，在前面充当前锋的意格拿司卡自然要讨厌他，便嚷着让他自己到前面去做前锋，这时候那个出主意的车夫说话了，他觉得如果是他驾着库里埃车，那么自然会走到前面去，也一定会把大家带到正确的道上去。所以他说："我那几匹马，天生不会走在前面，因为它们根本不是那种带路的马啊。"

意格拿司卡听了，也就不生气了，反而高高兴兴地一边斥喊着马一边答道："那么，你就给我少说话吧！"

和那个出主意的车夫同坐在一辆车上的车夫并没有对意格拿司卡说什么话，也不去干预这些事情，但他也不睡觉，因为他烟管里的火一直就没有熄灭过，并且停车的时候，我还能听见他的说话声，一直也没间断。由此我才断定他没有睡觉。他是在那里讲故事。意格拿司卡时常要停车寻道，所以他的讲话也时常中断。到了后来，他实在忍不住了，不大说话的他便对意格拿司卡喊道："你怎么又停下来了？又要找路了！唉，你真成了测量师，还是找不到路，索性就随着马儿走吧！这样也许还不至于冻死。就往前走吧！"

这个车夫的话刚说完，我的车夫便在旁边道："去年就冻死了一个邮差！"

这时我发现，由始至终，第三辆车上的车夫都未曾醒过。有一次停车的时候，第二辆车上的那个出主意的人喊道："菲里布！喂，菲里布！"可是，叫了许久，却并不见他回答，那人便继续说："难道是冻死了吗？意格拿司卡，你快去看一下。"

意格拿司卡听了就匆匆忙忙地跑了过去，他跳上那第三辆车，一边摇着那个睡着的人，一边说："你看你，竟然这么一副喝醉的样子！要是受了冻，你可要赶快说啊！"

睡着的车夫突然翻了个身，然后喃喃地骂起来。

意格拿司卡说："你还活着呢！"说完，他就下了车向前走了。于是，我们又开始往前行，走得也快了许多，我车上的一匹小马不得不紧夹着尾巴，连跑带跳地才算跟上。

五

那两个追逃马的人——一个是位老人，一个名叫瓦西里，直到夜深，他们两人才和我们相遇。逃走的马全都找到了，他们便赶过来。不过他们怎么能够在穷荒僻野、风雪连天的境况下把这件事情办成的，这还真使我很是费解。那位老人还是骑着那匹马跑来，走到我们那辆车前面，他又骂起我的车夫来："你真是个促狭鬼！你实在……"

第二辆车上那个爱讲故事的车夫喊道："喂，米脱里奇老丈，你还活着吗？快到我们这辆车上来吧！"

但那老人并不理会他，依旧叫骂着。等到他骂够了，才上了第二辆车。别人问他："怎样，全捉住了吗？"他说："这还能跑掉？"高个子的瓦西里照旧和意格拿司卡坐在前面那辆车上，他什么话也没说，待到意格拿司卡下去觅路的时候，他也一并跟着下去。

我的那个车夫暗自念叨说："这个骂人精……真讨厌！"

后来，在白茫茫的雪野中我们又走了许久。张开眼睛一看——横在我面前的依旧是被雪花遮盖着的帽子和背，几匹马依旧低着头一步一步逆风走着。往下看，积雪依旧撞击着滑床，风吹来，地上的雪便飘扬起来。前面几辆车依旧急急地奔跑着，左右依旧是一片白茫茫的旷野。

我努力睁着眼睛，要想找出一个新事物来，可除了柱子、草堆、围墙，什么都没有。四周是一望无边的白，地平线忽远忽近，一会儿无限的远，一会儿又好像近在咫尺；又高又白的墙突然在右边长出来，跟着车辆一路跑着，忽然又没有了，没过一会儿，又好像在前面长了出来，可跑着跑着，又没有了。再往上看———一开始倒是很有光亮，浓雾中依稀还看得出星星，可是一会儿工夫，星星就从视野中慢慢消失了，只有那经过我的眼睛，落在脸上、皮领上的雪。天空中都是光明的，白而无色，恒久而宁静。

这时，风好像也是时常变动的，一会儿迎面吹来，雪便打在眼睛上，一会儿从我的脸颊旁边掠过，落打在皮领上。只有车轮在雪上轧出来微弱的、不静默的声音和悲哀的死沉沉的铃声响着。当我们逆着风在光滑冰面上走着的时候，偶尔能很清晰地听到意格拿司卡那有力的呼喊声，以及那尖锐破碎的铃声此起彼伏着，这些混杂的声音竟然把旷野里那种悲愁的情绪给冲淡了，令人听了，便自然而然地生出激越的情感来。

天气越发寒冷，我的一只脚已渐渐冻了起来，每每转身过来的时候，领子上和帽子上的雪便会直直地钻到我的脖颈里去，令我全身抖瑟不止。好在我穿着厚厚的皮袭，还是很温暖的，可就因为这份温暖，睡魔开始来侵犯我了。

六

回忆和思想迅速地变为一种想象。

我不禁想："那个在第二辆车上不住叫喊着的，喜欢出主意的人或许是个农民吧？他身体很健壮，腿很短，就像我们家里那个管酒食的老人费道尔·菲里潘奇。"

这样想着，我的脑海中便浮现出我们家里的大楼梯和五个仆役，此时，他们正气喘吁吁地从小房里搬出钢琴来。我又看见菲里潘奇正撩起袖口，手里拿着一个琴上的脚板，跑在大家前面，开着门栓，并在门栓上面盖上手巾，直直地站在那里，挡着别人，而他自己嘴里却还急匆匆地不住地喊道："前面的人好好抬着。升上去，升上去，小心门。这就对了。"

屋内，有个园丁正抬着琴的栏杆，因为用力过猛，他的脸儿都涨红了。当时被菲里潘奇这么一说，他就不悦地喊道："菲里潘奇，那么还是请你来抬吧。"

但是菲里潘奇还是忍不住，依旧大呼大喊地指挥着。

当时我就想："这是什么意思？他以为他可以很好地处理这样的事情，又或者他很享受上帝能给他这种自信的辩才，所以他才这样高兴地去使用这种辩才吗？或许，真是这样的。"

随后，我又看见一个湖泊，还有几个已经很是疲倦的仆役在没膝的水中拉渔网。又是那个菲里潘奇在岸上一边跑着，一边对着大家喊叫，等到快要捡鱼的时候，他才下水去一趟。那时候正是七月的正午。烈日当空，我正在花园中割完的草坪上散步。

那时候，我还很年轻，心里总有点不知足、不进取的念头。我走到湖泊旁，在野蔷薇花和橡树林中间躺下来，这个地方是我一直都很喜爱的。我一边躺着，一边从野蔷薇树的红树干处眺望着干爽的土地和蔚蓝色明镜似的湖面，不自觉中竟产生一种欢愉和忧愁的情绪。所有围着我的景物都格外美丽，只是这种美景很容易令我受到一种强烈的影响，它让我觉得我自己也是很好的，唯有一件事情令我发愁，那就是竟没有一人对我产生一丝一毫的好奇之心。

这一刻，正是天气最热的时候。我打算闭起眼睛睡一下，但那讨人厌的苍蝇偏偏不让我得片刻安宁，总聚在我的附近，嗡嗡地从额上飞到手上。还有蜜蜂，也来叨扰我，在离我不远的地方成群地飞着。长着黄色翅膀的蝴蝶也没有闲着，它们从一棵草上飞到另一棵草上，一副很疲劳的模样。我避开它们，往上一看，顿觉眼睛被刺痛了，灼热的阳光透过树叶的缝隙照在我的脸上，让我越发觉得炎热。我用手巾遮着脸，倒是不晒了，但却闷得很，讨人厌的苍蝇赖着不走，好像都黏在出汗的手臂上面似的。躲在蔷薇树深处的雀鸟也很活泼，一只跳到地上来，在离我一尺多远的地方，两次假装用力地啄着土地，一忽儿又啾啾叫着向天上飞去。还有一只也夹紧着尾巴跳到地上来，没过一会儿，也箭一般地跟着第一只鸟飞去了。

岸边，拍打着洗衣的声音，一阵阵传来，此外，还有洗澡的人的笑语声和水声。这些声音似乎离我很远，一阵风吹在橡树梢上，又慢慢地吹过来，忽而吹动了地上的乱草，忽而吹得野蔷薇树的叶子也摇摇摆摆地打在枝叶上；仿佛过了许久，这阵新鲜的微风才算吹在我的身上，我把盖在脸上的手巾撩起来。谁知这手巾刚一揭开，苍蝇便趁机飞了过来，像个冒冒失失的孩子一般打在我潮湿的嘴上。不巧的是，一根枝干又偏偏触着我的背，于是我心里便有了这样一个决定，既然睡不着，不如去洗个澡。就在我这么寻思的时候，忽然一阵急促的脚步声想起，一个恐慌的妇女说："哎哟！这可怎么办好呢？一个男人也没有！"

一听这话，我赶紧跑到太阳地里，然后就看见一个仆妇正叹着气，从我面前跑过。我感到十分好奇，当时就问她："什么事，发生了什么事？"谁知她只那么看了我一下，随即又向四下望了望，然后摇着手又跑开了。过了一会儿，已经七十多岁的老婆子玛德琳手捧着从头上掉下来的手巾，连跑带跳地向湖畔奔去。随后，两个姑娘也拉着手一同跑来，还有一个十岁左右的小孩子，穿着他父亲的衣服，也急急地向湖畔跑过去。

于是，我忍不住又问他们："出了什么事情？"

"乡下人溺水了。"

"在哪里呢？"

"就在湖泊那里。"

"哪一个乡下人？是我们这里的吗？"

"不是，是过路的人。"

说话的间隙，拖着双大皮靴跑在草地上的马夫意温，也奔向了湖泊那里，还有肥胖的管事约阔甫，他也喘着气跑来，于是我也跟着他们跑了过去。那时我心里突然有了一种想法，那种想法似乎对我说："快跳进水里，把那个乡下人拉出来，你救了他的命，那么大家就会对你刮目相看了。"

我来到岸边，看到一群仆役聚在那里，我就问他们："在哪里，人在哪里？"

一个正在扁担上收拾衣裳的洗衣妇听了当即便说："就在那边，水深的地方，在岸那边，离浴所挺近的。我眼看他沉入水里，一会儿伸出头来，一会儿又沉下去，一会儿又伸出头来，凄惨地喊着'我掉水里啦，哎哟！'喊着喊着就又沉下去了，后来，我就只看见一片水泡在那里乱动。那时候我才看清原来是一个乡下人溺水了。所以我就大喊起来。"

洗衣妇一边说着，一边把扁担挑在肩上，然后她就挑着她的扁担离开湖泊，沿着小道走远了。

胖子约阔甫叹了一口气，很凄惨地说："真是罪过啊！现在已经设立了警署，却连一点防护的设施都没有。"

这时，有个乡下人走了过来，他背着一把镰刀，从一群围在岸上的老少男女中穿过，把镰刀挂在灌树枝上，之后，他开始慢慢地脱靴子。

当然，我也是打算跳下水去的，想做些惊人的举动，因此我不住地问："在哪里？他沉在哪里了？"

结果，大家只是指着湖泊光滑的平面，而我只看到，微风吹过，湖面上起了一层细波。

我真是想不通他是怎么掉下去的。湖面总是很平滑，很美丽，很冷清地站在那里，日光照在上面，泛出一层金黄色的光晕。我突然觉得我是不敢做这件事情的，并且我认为这种事也不能够叫人感到惊奇，况且我又不会游泳。正在我犹豫的时候，那个乡下人已经把汗衫脱了下来，之后，他立刻跳到水里。这时，许多人都过去看着他，眼神中露出一种希望和麻木的神色。令人意想不到的是他刚下到水齐臂膀的地方，却慢慢地走了回来，他又慢慢地穿上汗衫，他说他并不会游泳。

越来越多的闲人渐渐聚拢过来，圈子也越聚越大，妇女们都相互张望着，不过人虽然越聚越多，但还是没有一个肯下去救人。刚跑来的人群中，也有出了些主意的，但也就只是叹息着，脸上露出恐惧和失望的神情。人群中最早来的几个人，有的已经站乏了，便坐在草地上面歇息，有的看着觉得没什么意思也就都回去了。

站在一旁的老婆子玛德琳问她女儿火炉门关了没有，

而那个穿父亲衣服的小孩子则不声不响地向水里投石子。

忽然，一只狗从山下跑过来，一边狂吠，一边频频回头看，露出一种疑惑的神色。这只狗是菲里潘奇养的，叫做脱莱作卡。见狗跑了，菲里潘奇自己也就跟在后面，从山上跑下来，嘴里还不停地叫嚷着什么。

他小跑着，一边穿衣裳，一边喊道："你们站着做什么？人都快要淹死了，他们还站在那里！快，取一根绳子来！"

大家都望着菲里潘奇，既露希望，又面露恐惧。只见他一只手撑在一个仆役肩上，一只手在那里脱靴子。

有人对他说："就在那边，就在那个人站着的地方，灌树的右面。"

他喊："我知道了。"他皱着眉头，脱去汗衫和十字架，交给正站在他面前的园童，然后自己就迈开大步向湖畔走去。

蹲在一旁的脱莱作卡似乎很疑惑，它想不明白他主人这般匆忙的举动，究竟是为什么。它站在人群中间来回嗅了那么几下，然后吃了几根岸边的小草，便看着他主人，突然，它很高兴似的吠了一声，竟跟着它的主人一道下水去了，只见浪花纷飞，溅在岸上许多人的身上。

湖中的菲里潘奇很勇猛地挥着双臂，后背一起一伏地快速向对岸游去。脱莱作卡喝了几口水后，赶紧回转过来，它游上岸，又站在了众人旁边，用力甩了甩身子，抖去身上的水。那时候菲里潘奇已经游到对岸，两个车夫则跑到灌树那里，把绕在棒上的渔网往外拉。而菲里潘奇这时忽然伸出手来，却又不停地没入水中，每次都从嘴里吐出许多的水泡。岸上的人惊慌了，大声喊着问他，可他并不回答。终于，他上了岸，可他只顾在那里整理渔网。一会儿，渔网拉了出来，但是里面除了污泥和几条小鲋鱼，竟什么也没有。等到他再次拉出渔网的时候，我已经移到那一面去了。

不过，我还是能听见菲里潘奇下命令的声音、湿绳击水的声音以及大家恐惧的叹息声。湿绳慢慢地从水里拉出来，菲里潘奇便喊道："现在一块儿拉呀！大家使劲呀！"

其中有一个人说："兄弟们，里面一定有些什么东西，拉着很重呢。"

果然，没过一会儿，两三个鲋鱼便在草丛中跳跃开了，渔网也慢慢压着青草，拉上岸来。只见水淋淋的网里裹着一种白色的东西。就在四周一片死静时，人们突然发出一阵不高的叹气声，令人心生恐惧。

只听见菲里潘奇照旧果敢地喊说："拉呀，使劲地拉呀！"

不大工夫，那个溺水的人就被许多人拉到了灌木旁边。

就在这个时候，我忽然看到了我那慈善的老伯母，只见她的身上穿着丝绸衣服，手上撑着一顶华美的太阳伞——这把伞怎么看都和这个恐怖的死景不合宜——她的脸上带着一副凄楚的神情。她一看到我便对我说："我们走吧！唉，这个场面真是可怕呀！但是你还总是一个人去洗澡、游泳。"她的话，带着一种母爱的自私心，我一听，顿时生出一种忧愁的情感。

我记得那时候太阳正炙烤着干燥的田地，并且在池湖的水面上游戏着，大鲤鱼在岸边跳跃着，湖中小鱼成群结队地游泳，一只鸟在天空中飞过，大片大片的白云聚在地平线上，渔网拉起时带着岸上的污泥四下飞散开来了，我在堤坝上走着，仿佛又听见湖畔击衣杖的声音。

击衣杖就那么响着，很响亮，就像两个杖合在一起打击所发出来的声音，这种声音令我极为难受，它使我沉痛，因为我知道——这个击衣杖就是一只铃，而菲里潘奇却不让它发出声音来。这个击衣杖就像正在拷问的器具一般，压着我那条挨冻的腿——于是，我醒了。

其实我醒来，是因为我的那辆车跑得太快了，还有我的耳边，总是像有两个人在那里说话似的。一个是我车夫的声音，他说："意格拿司卡，你把这位乘客接去吧——你总是自顾自地走路，而我却要白白地追着你，让你来接他。"意格拿司卡说："难道我就愿意接那位乘客吗？……你能给我半个'司托甫'吗？"（'司托甫，是量流质的容器名，农人一般用以代币；下文中'阔苏司卡'也是此意，但比'司托甫'的量略小。）

"嗯，怎么用得上半个'司托甫'呢！……一个'阔苏司卡'就差不多了。"

"什么，阔苏司卡！难道为了一个阔苏司卡，就把那些马压坏吗？"

我睁开眼睛一看，眼前依旧是一片白蒙蒙的雪，依旧是这个车夫和这几匹马，只不过在我们车旁边又有一辆雪车。原来我那辆车已经赶到意格拿司卡那辆车旁边，两辆车就这么并排行着。其他车里有人劝意格拿司卡少半个阔苏司卡，不必和他换，只是他并不听这些话，径直把车子停下来说："搬过来吧，这真是你的运气。走到明天，就得一个阔苏司卡。行李多不多呢？"

我那车夫简直高兴坏了，他跳到雪地上来，向我鞠躬，请求我搬到意格拿司卡那辆车上去。我满口答应下来，我那个胆怯的乡下人车夫一脸感谢和喜悦的神气，面向着我、阿莱司卡和意格拿司卡三人连鞠了好几回躬，更是道了数不清的谢。

他说："呀，真是天保佑呀，要不然走了半夜，自己也不知道该往哪里去。老爷，你放心，他能够把您老人家送到，您看，我那几匹马已经很疲乏了。"说完，他就欢欢喜喜地搬起行李来。

趁着他们搬运东西的空当，我顺着风走到第二辆雪车那里去。那辆车大多地方都已经被雪盖住，在迎风挂着毛织物的地方积雪最多。老人正伸着腿躺在里面，而那个爱讲话的人依旧在那里讲着他的故事。只听他说："在那大将军借着国王的名义来到监狱见玛丽亚的时候，玛丽亚对他说：'将军！我不需要你，也无法爱上你，你也绝不是我的情人，我的情人就是那个亲王………'"见我来了，他说到这里就停住了，然后抽起烟来。

那个总是给人出主意的人就对我说："老爷，你要听故事吗？"

我说："看你们真有趣，真快乐呀！"

"不过是解闷罢了！乐呵乐呵就可以不发愁了。"

"你们也不知道，我们现在在什么地方吗？"

这话一出，我看得出这几个车夫听着都不大喜欢。那个出主意的人立马就说："谁能够辨别这是什么地方呢？也许已经走到卡兰梅克人这里了。"

我问："这可怎么办呢？"

他露出一副很不悦的神情，说："能有什么办法呢？走到哪里就算哪里吧，也就这样了。"

"如果马在雪里都走不出去，那怎么办呢？"

"什么！这也不要紧。"

"能冻死吗？"

"肯定会的，因为到现在都没有看见一点草堆。这样来看，我们肯定是到了卡尔梅克人的地方了。现在要做的第一件事情就是要看一看雪。"

老人哆嗦着说："老爷！你怕冻死吗？"

他说这句话，虽然带着点嘲笑我的意思，但看出他已经冷得非常厉害了。

我说："是，我已经觉得很冷了。"

"唉，老爷！你应学我这样说：不冷，不冷，说着还要跑着——这样的话你也就暖和一些了。"

出主意的人接着补充说："可关键是，怎样跟着这雪车跑呢。"

七

阿莱司卡显然是准备妥当了，他在前面那辆车上向我喊说："准备好了，您请吧！"

风雪的势头越发强劲，我向前弯着身体，两手拉着大衣领，才勉强迎着狂风在雪粒飞扬的雪地中走了几步，来到前面那辆车旁。而我原来的那个车夫早已坐在空车中间，他看见了我，便脱下自己的帽子来，问我要酒钱。他可能是真的没想到我会给他，我想即使我婉转拒绝他的请求，也绝不会惹怒他的。他很感激地向我道了谢，然后戴上帽子，一边对我说："老爷，上帝保佑您，再见吧！"一边拉着缰绳离开了我们。

随后，意格拿司卡摇着身子，叱喊着马。于是马蹄声、铃声、叱喊声，混杂在一起，代替了风吼声，要知道在停车的时候，风声可是最响的。

搬到这辆车上之后，我一时睡意全无，便以观察那个新车夫和几匹新马为消遣。

意格拿司卡坐在那里，看上去十分勇敢的样子，他上下地跳跃着，屡次用鞭子抽打那几匹马，嘴里还不停地喝骂，又时常跺着脚爬上前去，整理辕马身上乱绞在一起的绳子。他身材不高，不过身段倒很合适。短裘上面还穿着一件不系带子的驼毛大衣，大衣领子上的毛几乎掉光了；他的鞋不是那种毛靴，而是皮靴；一顶帽子很小，他时常把它拿下来，反复整理，留一对耳朵被头发遮掩着。他一切举动都表明，他的力气很大，而且还有种要激发出自己潜力来的愿望，看见车子走得越快，他就跳得越高兴，脚也跺得越起劲，同我和阿莱司卡的话也渐渐多起来。我看他神情，觉得他很担心自己的精力不够，虽然他的马都很好，可毕竟道路难行，况且，那些马已经露出疲惫的样子，就连那又大又好的辕马都跌了两次。他见此情况心里一害怕，身子往前一撞，几乎把脑袋撞在铃上。

风雪越来越大，让人看着实在可怕，再加上马儿已经疲乏了，道路也越发艰难了，漫天风雪中，我们真是不知道自己身在何处，也不知道往哪里去。此时，我已经不奢望能够走到驿站了，能够寻到一处住宿之地，就已经是谢天谢地了。好在铃儿依旧响得自然，欢欢快快的，意格拿司卡呢，也还是那么勇敢，很卖力地喊着，就像节假日正午在乡间大道上赶车一样，叫人听着又奇怪，又好笑。为了使我们努力行进，意格拿司卡捏着假嗓在那里唱着小曲，唱得声音很高，间歇时还夹之以呼啸的声音，令人听了不由毛骨悚然。

正在我们很是高兴的时候，忽然那个出主意的人说："喂，喂！意格拿司卡，为什么要这样干嚷！停一下！"

"什么事情？"

"站……一会儿……"

意格拿司卡喝止住马，车子停住了。那时候万籁寂静，只有风吼声依旧，雪还是打着旋往车里钻。那个出主意的人来到我们车前。

意格拿司卡问他："什么事情？"

他说："什么！去哪里呢？"

"谁知道呢！"

"腿都冻了。你都是在忙些什么？"

"我在赶路啊。"

"你也下来看看路，你看那边摇晃的东西——或许是卡尔梅克人的游牧场。到那个地方去也许可以烤暖我们的腿。"

意格拿司卡一边说着"好啦！你把马拉住了"，一边向着出主意的人所指的方向走去。

出主意的人对我说："总要下去走一走，望一望才是，不然是不能找到道路的。我们可不能这样傻头傻脑地跑着！你看，那些马累得出了这么多汗！"

意格拿司卡去了很长时间，都没有回来，我很替他担心，害怕他会在这雪夜中迷路。在他离开的这段时间，那个出主意的人总是用一副自信和安闲的口气和我说话，他说在风雪时应该怎么赶车，说不如把马放松些，随它走，这样反而能够到目的地。他说有时候我们也可以用天上的星星来做路标，他又说如果他在前面走，现在早就到驿站了。

后来意格拿司卡回来了，他走得很慢，一步步走得极其艰难，膝盖几乎没在雪中。那个出主意的人就问他："哎，怎么样，有吗？"

意格拿司卡一边叹着气一边回答他："有倒是有，我也看见游牧场了，但还是不认识。我们现在大概是向波洛尔郭夫司基别墅附近走呢。我觉得咱们应该往左走。"

出主意的人便说："有点细碎的尘埃！这就是我们的游牧场，应该是在哥萨克村后的方向。"

"我觉得不是！"

"我只消这么一望，就知道一定是的，就算不是它，也是塔梅衰夫司哥。所以应该往右走，一定能走到大桥那里——共有八俄里路。"

意格拿司卡很忧愁地说："我已经说过不是了！因为我已经看过了！"

"喂，兄弟！还有其他车夫呢！"

"什么车夫，你自己看去。"

"我去看什么！我很清楚呢。"

意格拿司卡生气起来，竟索性不答理他，跳上车子又往下赶路了。

和之前一样，他越走，精神越焕发，依旧时常跺着脚，过后再把靴桶里积着的雪倒掉，还对阿莱司卡说："你看，走了这么多路，靴子里积着这么多雪。怎么可能暖和得起来呢！"

我没再说话，拢拢衣服打算睡觉了。

八

我在梦中想："难道我已经受冻了吗？听人家说，受冻经常始于做梦的时候。如果冻死，不如淹在水里，让人家把我从网里拉出来的好。其实冻死，淹死，都是一样的，都不过身下放着一块板，所有的全忘了。"

果然一刹那间我什么都忘了。

突然间我张开眼睛，望向那白茫茫的大地，心里寻思着："这样就算完了吗？如果我们再找不到柴堆，马又要一直站着了，那么大概我们全都要挨冻了。"我对这个想法真的有点害怕，但是我希望能够发生些可惊可愕异乎寻常的事情的心理，比些许的恐惧还来得厉害，我觉得如果明天早晨，那几匹马把我们几个冻得垂死的人运到一个远僻荒凉的村庄里去，这个倒也是件极有趣的事情。这样的幻想很明显很迅速地占据了我的脑海：

　　马也止步了，雪下得越发厉害，只能见到马的耳朵和颈木。忽然意格拿司卡坐着的那辆车赶得很快，并且从我们面前经过。我们哀求他，喊着请他带我们一同去。但是声音被风夺去，竟没有声音出来。意格拿司卡一面笑着，对那马喊着，一面吹着哨，在盖满雪的深渊里离我们而去。老人跳上马儿，挥着手肘，正想逃跑，身体却动弹不得。我原来那位戴着旧帽的车夫竟迅速跑向前，把他拉下来，摔在雪地上，嘴里喊道："你这魔鬼！你这喜欢骂人的东西！我们一块儿冻死在雪里吧。"而费道尔·菲里潘奇则叫我们大家一起围着坐，并且说如果雪把我们盖住，那也不要紧，一会儿就可以暖和起来。果然我们暖和了，舒服了，不过心里还是想喝水。我就取了一只茶杯，倒着甜酒跟大家分享，自己也一饮而尽，心里边异常畅快。那个爱说话的人讲起虹的故事。不料我们头上已经造好了用雪和虹做成的顶棚。雪果然十分温暖，和毛皮一样。我说："现在我们每个人用雪做一间屋子，大家就可以睡觉了！"我为自己做了一间屋子，正打算进屋去；忽然菲里潘奇在雪堆里看见了我的银钱，便说："站着！把钱给我吧。不然会死呀！"说着，拉住我的腿。我把银钱交给他，哀求他放开我，可是他们都不相信这是我的银钱，而是打算揍死我。我抓住老人的手，上去亲他，心里带着种不可形容的快乐，老人的手实在是温柔又亲切。起初他极力摆脱我，后来忽然自己又把另一只手递给我，对我异常亲近。但是菲里潘奇却走近我，威吓着我。我赶紧跑进自己屋里，可是这个并不是一间房子，却是一条长廊，而有人又在后面拉住我的腿。我极力地挣脱。在那拉我的人的后面竟放着我的衣服和一部分肉皮；我觉得很冷，并且惭愧——最惭愧的就是我那伯母，一手撑着太阳伞，一手挟着那个溺水的人，朝着我走过来。他们笑着，一点也不明白我对他们挤眉弄眼的意思。我连忙跳到雪车里去，两脚还搭在雪车外面，老人已经挥着手，赶过来。老人已经离我很近，但是我听见前面有两个铃铛响着，我就知道，如果我能跑到那里去，就能得救了。铃儿声响越来越大，老人已赶过来。横在我的面前，铃声也听不清了。我重新拉着他的手不住地亲着，不料老人——并不是老人，却是溺水的人——听见他喊道："意格拿司卡！站住吧！这里也许就是阿美脱金的草堆！下去看一看！"这个真是十分可怕。不，最好醒了吧……

我便张开眼睛。风把阿莱司卡的外套的衣襟儿吹在我脸上，我的膝盖也露出来了，我们的车正走在光滑的雪层上面，死沉沉的铃声也不断地响着。

我向那柴堆的地方看去！却并不是柴堆，倒看见了一栋有平台的屋子和豕牙状的墙堡。我觉得这所房屋和围墙没有什么意思。相比之下，我还是愿意看那长廊，听教堂的钟声，亲老人的手。于是我又闭着眼睛睡去了。

九

我睡得很沉，也很香甜。马车的铃声不住地响着，睡梦中的我，时而仿佛听着一只狗汪汪地叫着，向我奔来；时而觉得是我所奏的大风琴声，又好像是我所写的法文诗的韵律；时而我又觉得这种铃声如同是刑具般不断地压我的右脚脚趾。由于压得太用力，竟把我从睡梦中弄醒了，我不由得睁开眼睛，双手不住地摩擦双腿，因为我觉得腿已经被冻住了。

夜色还是黯淡得很，根本分不清天地。意格拿司卡还是那样侧身坐着，在那里跺着脚。几匹马依旧耷拉着尾巴，仰着头颈在深雪里努力前行。可是雪却堆得越来越厚了，只见雪花在前面旋转着，几乎淹没了雪橇和马腿，从上面落下来的雪花噗噗地打在领上帽上。寒风忽左忽右地戏要着意格拿司卡的衣领和马的鬃毛。

天气越来越冷了，我刚从领子里伸出头来，那凝结的雪竟旋转着打在眉毛鼻子和嘴上面，又钻进头颈里去。我向四围一看——尽是一片雪白，除了光亮的雪，天地间已一无所有。我不由得害怕起来。再看阿莱司卡，他正盘着腿在雪车中间睡觉，他的背全被雪盖住了。而意格拿司卡却并不为此发愁，他还是和之前一样，不住地拉着缰绳，嘴里拼命地喊着，并且不断地跺脚。铃声响得还是这样奇怪。马儿已经打起鼾来，却还在跑着，时常还会趔趄。过了一会儿，意格拿司卡又着双腿跳起来，挥着袖子又开始低声唱起了小曲。只是曲调还没唱完，他便停下车，把缰绳摔在座上，爬下车去。

风越来越大，卷着雪花拼命往衣裳上打。我往后一看，第三辆车已经没影了，大概是落在后面了。在第二辆车四周笼罩的雪雾里，那个老人正在那里忽上忽下地跳跃着。意格拿司卡从雪车下来，走了两三步便停了下来，只见他坐在雪上，解开鞋带，脱起鞋来。

我问："你这是做什么？"

他答道："换一换鞋子，不然脚就要冻坏了。"说完，他依旧忙着他的事情。

我原本打算伸出头看看他怎么做的，可又觉得太冷，就直身坐着，看停止行进的辕马正摇摆着自己盖满雪的尾巴，显出十分疲乏的样子。我正呆呆地望着，忽然意格拿司卡跳上车来，车子不禁摇晃了一下，便把我从发呆中惊醒了，我便问他："我们现在在哪里？我们还能到达光明之地吗？"他回答："请你放心，我们一定能到。现在最要紧的是换一换鞋，先把腿弄暖和了再说。"

等意格拿司卡歇息完，车子动了起来，铃声又响了，风又吼着了。在无边无涯的雪海里，我们再次漂泊。

十

或许是太累的缘故，我又睡着了，而且睡得很舒服。后来阿莱司卡的腿撞了我一下，我这才醒过来。待我睁开眼睛一看，已经是早晨了。我也不禁打了一个激灵，觉得此时比晚上还冷。

此时，雪已经停住了，但是风依旧在田地里吹起雪花。东边天上现出一种清澈的蔚蓝颜色，云也光明了许多，并且轻松了。田地里能看见的地方全都覆盖着一层白雪，只有两三处看得见灰色的丘陵，一些雪塵从上面跃过。

白茫茫的地上什么痕迹都没有——无论是车迹、人迹还是兽迹，什么都没有。车夫和马背的形状以及颜色，在雪白的天地里显得异常明晰。意格拿司卡深蓝色的帽檐，和他的领子、头发、皮鞋都是白的。车啊，马啊——就是一句话：到处都是白色。要说一件新东西能够引起人的注意，那就是记里数的柱子了。我们走了一晚上，那几匹马便整整拉了一个晚上，如今竟不知道往哪里去了，这个现象令我十分奇怪，不过好在我们总算是快到了。

车铃比之前响得更加活泼了，意格拿司卡嚷喊得也越发起劲。后面马儿也嘶鸣着，铃声也响着。我们猜那个睡觉的人大概已经落在后面了。大约过了半里路，我们忽然发现雪地上刻着新鲜的车迹，隐隐约约还有玫瑰色的马血斑点。意格拿司卡说："这是菲里布！一定是他比我们先到了！"

车子又向前行驶了一会儿，一所挂着招牌的小房从道旁的雪中露出来，这间房屋的顶和窗差不多全被雪盖住。果然，酒店门前停着一辆车，那些灰色的马满身是汗，腿弯曲了，头也垂了下来。门旁已经打扫得很整齐，旁边还放着一把铲子。

就在我们车上的铃声响个不停的时候，从门内走出来一个身材高大，脸色紫红的车夫，他手里正端着一只酒杯，嘴里不知道在叫喊些什么。意格拿司卡回过身面对着我，请求我允许他停下车。这是我初次看清他的面容。

十一

和我在看他的头发身材时所猜想一样，他的脸既不黑，也不干涩。他是那种圆脸、扁鼻、大嘴，一双圆眼很是明亮，而且满面笑容。他的面颊和脖颈是红的，眉毛和胡须上都沾满了雪花，看上去一片雪白。那地方离驿站只剩半俄里远，我们就停下来了。当时我说："还是快一点的好。"意格拿司卡从车上跳下来，一边说着"一会儿工夫"，一边向菲里布那里走去。

他把右胳膊上的袖子脱下来，同鞭子一块儿扔在雪里，说："兄弟给我吧。"说着，就低下头一口气喝尽了那杯烧酒。

那个卖酒人像是退伍的哥萨克兵，手里提着一瓶酒，从门里走出来，问："倒给谁呢？"

身材高大的瓦西里，脸上满是胡须的瘦小乡人，还有那个肥胖的爱出主意人都围了过来，每人都喝了一杯酒。那个老人也挤到喝酒的那一群人里去，可是卖酒人并不给他端酒，他只得退到拴马的地方去，摸着马背和后脚。

那个人与我所想象的并无差异：身材又小又瘦，脸上布满皱纹，胡子稀稀疏疏的，鼻子很高，牙齿很黄。头上的一顶帽子倒还完全是新的，可是身上穿的皮袄却已经破旧不堪，肩上、腋下到处都是破洞，皮袄长度还不到膝盖，那时候他正伛偻着身体，皱着眉，在雪车旁走动着，努力要让自己的身体热乎起来。

出主意的人对他说："米脱里奇，我看你还是花几个钱，暖一暖身体吧。"

米脱里奇被他说得动了心，迟疑了一会儿，便走到我面前。他先是摘下帽子，露出了他的一头白发，然后他深深地向我鞠着躬，边笑边说："整个晚上，我和您老人家一道跑着，急忙忙地找路赶路，请您赐给我几个小钱，让我暖一暖身子吧。"

我看他的样子着实可怜，便给了他一个"柴德魏塔"（二十五哥币的银币）。卖酒人取出一勺酒来，递给米脱里奇。米脱里奇赶紧把揣着马鞭的袖子脱下来，去端那酒杯，可是他的手指仿佛不是自己的一般，根本不听他的使唤，一个不留神那只装满酒的杯子便掉在地上，里面的酒就这么全洒了。

车夫们全都大笑起来，他们说："米脱里奇真的冻僵了，看，他连酒杯都拿不住呢。"

眼看着那杯酒全倒翻了，米脱里奇当然十分生气。后来大家又给他倒了一杯，灌进他的嘴里，这才让他又高兴起来。高兴起来的他跑进酒店里，把烟管点着火，然后张着一口黄牙嘻嘻地笑着，说了许多骂人的话。喝完了酒，车夫们便各自散开，坐上各自的车子，又向前走了。

雪又白又亮，人如果长久地盯着雪看，就会感到十分耀眼。太阳慢慢从地平线升起来，外面的一层红圈从云里穿过，渐渐显现出来。哥萨克村道旁已经有了明显的黄色痕迹，在这种凝冻而又压抑的空气里，让人们微微生出一种有趣的轻快和凉意。

我坐的那辆车跑得飞快。几匹马个个精神焕发，铃声里夹杂着疾奔的马蹄声。意格拿司卡兴奋地呼喊着，后面的两个车铃也响得很厉害，我又听见了车夫醉酒的呼叱声。我回头一看：车夫菲里布一边挥着鞭子，一边在那里扶正自己的帽子，而那位老人，依旧躺在雪车的中央。

两分钟后，车已经在驿站门前的石阶旁边停好，意格拿司卡转过头来看着我，兴奋地说："老爷！我们到啦！"

呆伊凡的故事

一

有一个国家，居住着一个有钱的农人。这个农人有三个儿子：当兵士的谢敏，大肚子塔拉史和呆伊凡，此外，他还有一个女儿名叫马腊尼，不过这个女儿又聋又哑。谢敏去当兵，伺候国王，塔拉史跟着一位商人在城里做生意，家里就只剩下呆伊凡和聋哑女儿相伴着生活。

谢敏有头脑，官职做得也很大，自然财产也不少，他还娶了一位绅士家的女儿做妻子。不过，谢敏的俸禄虽然多，财产也不少，但是他却连一毫的积蓄都没有。说到根本，还是因为他娶了一个挥霍无度的妻子，到了最后，竟没有剩下一点儿的钱财。谢敏来到库房，想去收些进款。管账的说："什么钱都收不着，我们这儿既没有牲口，也没有家伙，马、牛、犁、锄，都没有；没有这些，怎么可能有进款呀。"

于是谢敏跑到父亲那儿，说："父亲，你是有钱的，为什么不给我些。不如分给我三分之一吧，我好运到我库房里去。"

老头儿说："你挣得钱一分一毫也没有往家里寄过，为什么到了现在，我反倒要分给你三分之一呢？这么做，明明就是在欺负伊凡和马腊尼呀。"

谢敏说："一个是傻子，另一个又是个天生的聋子哑巴，他们要钱有什么用？"

老头儿便说："那么看看伊凡怎么说。"

伊凡倒是干脆，说："那有什么呢，就让他拿去吧。"

于是，谢敏就在家里拿了一份财产，运到了自己库房里，而他自己仍旧到国王那里去当差。

做生意的塔拉史也很挣钱，他娶了一位商人家的姑娘做老婆，不过他对自己的现状总是不满意，总嫌自己挣钱少。一天，他也到父亲那里去说："把我的一份也给我吧。"

老头儿自然不愿把财产分给塔拉史。他说："我们从没用过你一分一毫的钱财，所以家里的钱，你就别想了，伊凡还要用呢。你要这么欺负伊凡和马腊尼是不行的。"

塔拉史就说："他要钱做什么，他是个傻子，又不能娶亲，也没有哪个女人愿意嫁他；还有你的那个女儿，她又是个哑巴，也用不着什么钱的。伊凡，你就给我吧，给我一半粮食就行，其他的东西我不要，牲口我只要那匹灰色公马，反正你耕田也用不着它。"

伊凡笑了笑，说："那有什么呢，你拿去吧。现在我要走了，我要去做工了。"

就这样，塔拉史也分到了一份财产。他带着那匹灰色雄马运着粮食进城去了。而伊凡只剩下一匹老母马，可他没觉得有什么，依旧过他的农人生活，养他的父亲和母亲。

二

没想到这个情况把一个老魔王给惹恼了，他看着他们兄弟分家也没有吵吵嚷嚷，和和气气地就分开了。于是，他就召集了三个小鬼。他说："你们看看那三位兄弟：兵士谢敏、大肚子塔拉史、呆伊凡。他们应当争吵才对，可他们并没有，竟然还安安稳稳地生活，像亲朋好友似的就分开了盐和米。都怪那个傻子，是他弄坏了我的事。现在，我派你们三位去那里走一遭，抓住他们三兄弟，使他们受些苦，一定要让他们互相吵闹起来。你们会办这件事吗？"

三个小鬼说："我们会的。"

"那你们打算怎样去做呢？"

"我们打算这样去办：首先要挑拨他们，让他们没有饭吃，然后再把他们聚到一块儿去，这样，他们一定能吵闹起来了。"

老魔王听了说："好吧，我知道你们几位还懂事。去吧，如果不能让他们三兄弟都受点苦，你们就不要回来见我，小心我剥你们三个的皮。"

三个小鬼都跑到池子边，相互盘算着，到底怎样去办才好呢。大家各有各的想法，他们争论着，谁都想挑轻松的事去做，最后大家决定抽签，抽着哪一位兄弟，哪一位就去做。不过他们也事先说好，先做完的那个人必须得来帮助没完成的人。签抽完了，大家又约定了一个日期，到时再来池边聚会，这样就可以知道：谁先做完，谁去帮谁。

约定的日期到了，小鬼都如约来到池边聚会。他们热烈地谈论起来，谁在谁那儿办的事怎么样。

第一个小鬼，是从兵士谢敏那儿来的。他说："我的事情办好了。明天我的兵士谢敏就会跑到他父亲那里去。"

他的同伴就问他："你是怎么办到的?"

"呀，我做的第一件事就是把谢敏的勇气激发出来，让他去劝国王和全世界打仗。于是国王就任命谢敏当元帅，命令他去攻打印度。战争开始了。那天晚上，我便跑到谢敏的军营里，弄湿了他的火药，又跑到印度王那边，用干草做了无数的假兵。谢敏的兵看见他们周围有那么多的士兵，自然害怕起来。谢敏便下令开枪，但是枪和炮怎么都发不出去。谢敏的兵一见这样，更是害怕了，就像一群受惊的羊群似的乱跑开了。印度王也不放过机会，就一路赶杀他们。就这样，谢敏打了败仗，他的财产都充了公，国王明天就要定他的死罪了。眼下，我只要再有一天的工夫，这件事就算办完了，等救他出狱后，我便让他逃回家去。好了，我的事情明天就可以完结，你们说吧，谁要我来帮助?"

　　第二个小鬼，是从大肚子塔拉史那儿来的，他也说起他的事来："我是不用你帮助的，你们瞧好吧，塔拉史不出一个礼拜就不能顺利生活了。我做的第一件事，就是让他生出贪欲嫉妒的心来。他自己妒忌人家的买卖做得好，便看见什么都要买，他买了无数的东西，自己的钱都花完了，还要买。现在他为了买东西已经欠了许多许多的债，简直还都还不清。再过一礼拜他还账的日子就到了，接下来我要做的就是在他所有的货物里弄些粪便，这样一来，他就赔偿不起了，就只能逃到他父亲那里去。"

　　两个小鬼说完了自己的计划，便对第三个从伊凡那儿来的小鬼说："你的事情怎么样了？"

　　他说："说实话，我的事情可真不好办。起先，我在他的酸水缸里吐了口痰，让他吃了肚子痛。然后又跑到他的田里把土打成石头一样硬，这样他就无从用力了。我想啊，这样他应该不来耕田了吧，可谁知这个傻子竟然还是带着犁来耕田了。他肚子痛得很，一个劲儿地哼哼，却还一直耕田。我没办法，只好弄折了他的一把犁，谁知他又跑回家拿了一把新犁重新绑好，又耕起来。我就爬到地底下，抓住他的犁，可抓又抓不住，他用力推着犁，犁头又尖，竟然还割破了我的手。现在，他的田差不多都耕完了，就只剩下一畦地了。所以，你们来吧，来帮帮我，兄弟们呀，如果我们办不好他一个人的事，我们可就前功尽弃了。假如那个傻子还依旧耕田，那么他的两个哥哥也就不会觉得贫乏，要知道，那傻子一定会养他的两位哥哥呢。"

从兵士谢敏那儿来的小鬼，答应明天去帮助他对付呆伊凡，如此，他们便各自散了。

<h2 style="text-align:center">三</h2>

伊凡继续耕着田，只剩下最后一畦地了，他还想接着耕完了，可肚子又疼得厉害，地还得耕。于是，他就系一系腰带，翻过来又耕田。犁刚翻过来，就往后退，就像挂在树根上似的，被牵缠住了。其实，这是那小鬼的脚，用力把犁头缠住了，并使劲紧抓着。伊凡想："这真是怪事！这儿也没有树根呀，可怎么又像有树根的样子呢？"伊凡想着，便伸手往土里摸了摸，突然，他碰着了一个软东西。他就抓住了那东西，用力拉出来。那东西黑乎乎的，看着就像树根似的，而且还蠕动着。伊凡细细瞧了一瞧，原来是个活小鬼。

"唉，是你呀，好捉弄人的小鬼！"伊凡说着摇摇头，正想用铁犁来打他，那小鬼哀求他说："不要打我，你要什么，我都能给你做。"

"你给我做什么事?"

"你说吧,你要做什么事。"

伊凡挠挠头说:"我肚子痛,你能治好吗?"

小鬼说:"能,能的。"

"那么,你就给我治吧。"

小鬼往田里看了看,一只手爪不停地摸索,突然就抓出来一块小根,还是三枚连生的。小鬼就对伊凡说:"你只要吃了这一枝根,一切病都好了。"

伊凡听了,便拿过来撕下一枝吞了下去。还真的管用,他的肚子立刻就不疼了。

小鬼又哀求说:"那么。现在你可以放我了吧,我保证跳进地里再也不来了。"

"那有什么呢,愿上帝保佑你!"伊凡刚刚说到"上帝"二字,小鬼突然就隐到地里去了,好像石头落到水里去似的,只剩下一个洞。伊凡把那剩下的两枝根藏在帽子里,又重新耕起田来。耕完了那一畦地,他把犁翻转过来,回了家。他卸好了马,走进屋子,发现大哥兵士谢敏和他老婆一块坐在那里吃晚饭呢。这时伊凡才知道原来大哥的财产都已充公了，他好不容易才从牢狱里逃出来，走投无路只得跑到父亲这儿来生活了。

谢敏看着伊凡说："我到你这儿来生活了，请你暂时先养活我们夫妻两口子，等我得到新差使我们就走。"

伊凡说："那有什么，你们就在这儿过吧。"

伊凡刚要坐到炕上去，谢敏的老婆就不高兴了，她很厌恶伊凡身上的臭味，便对丈夫说："我不能和这臭村夫在一块儿吃饭。"

谢敏就说："我太太说了，你身上的臭味不好，还是请你到帐篷里去吃吧。"

伊凡说："那有什么，我正要到'棚屋'里去，我还要去喂马呢。"

伊凡说完，便拿着大衣，径直往"棚屋"里去了。

四

从谢敏那儿来的小鬼，做完了自己的那件事，就如约跑来找负责整治伊凡的小鬼，帮助他一起捉弄那个傻子。他跑到田里，找来找去，找遍了所有地方都没有发现他的同伴，只找着一个洞，他想："看来我的伙伴是遇害了，我必须得替他完成任务才行，现在呆伊凡已经把田耕好了，我只有到牧场上去捉弄那傻子了。"

于是，小鬼来到场上，把伊凡的牧场灌得满场都是水，他还搅了些泥。

第二天，天色刚亮，伊凡从"棚屋"里出来，他先是磨磨镰刀，然后就跑到草场割草。伊凡一到牧场就割起草来，一刀又一刀，镰刀碰住草根，可是怎么都割不动。他想或许该磨磨镰刀了，他又想了想，自己给自己念叨说："不行，还是回去吧，回去拿些面包来，就算割上一礼拜也不怕，反正割不完是不走的。"

小鬼听见了，心想说："蠢货，这就是个傻子，真拿他没办法。看来我得换个别的法子来捉弄他。"

伊凡拿着磨好的镰刀又来了，他挥着镰刀又割起草来。小鬼钻进草里，抓住镰刀柄，把刀头放到草里就使劲拉。但伊凡根本不管，依旧竭尽全力地割，最后竟也全割完了，只剩下池子里的那一块。小鬼见状立马钻进池子，他心想："就是割破了我的手，也不让他割完。"

小歇了一下，伊凡走到池子里，草呢，看着并不大多，可不知怎的，镰刀却总是割不动。伊凡有些发怒了，便用尽全力割下一刀。小鬼原本想要躲开的，可根本来不及跳出来。看来事情来得不妙，他着急之下碰了一根草根。这时伊凡又是一刀，只听得草梗上飕的一声，小鬼半段尾巴被截断了，伊凡割完了草场，就叫他那哑巴妹妹去捆草，然后自己又去割小麦。

伊凡带着一柄镰钩出来，那断了尾巴的小鬼早已在那里乱搅小麦了，弄得伊凡的镰钩也无从去割。伊凡只得又走回去，拿来一柄曲镰继续割起来。最后，小麦也都割完了。他自言自语道："现在要去割燕麦了。"

断尾巴的小鬼听着便想了："割小麦没有捉弄到你，割燕麦我可是要捉弄捉弄你了，只要等你到天亮，一切就都好办了。"

一清早小鬼就跑到燕麦田里，这一看不要紧，田里的燕麦早已经割完了。因为伊凡想少撒落些麦粒，赶在天亮前就已经把燕麦割完了。小鬼这次可真是怒了，他说："你这个傻子，截了我的尾巴，还这样欺侮我。我还从来没有败得这样惨过！这蠢货不要睡觉啊，竟害我没有赶得上他！现在我需得跑到他的麦堆里去，看来只有全给他弄坏才能完成任务了。"

盘算好了后，小鬼就跑进小麦堆，钻进麦柴里去乱弄起来：他一边把麦柴弄得零乱，一边自己打盹睡去了。

伊凡驾着马和哑巴妹妹来运小麦。走进麦堆就把麦子往车上搬。搬了两捆麦再一伸叉，正好刺到小鬼的背。伊凡举起来瞧了瞧，原来又遇上了一个活小鬼，这小鬼的尾巴已经截断了，正挣扎着想要逃走。

"唉，是你，好捉弄人的东西！你又来了！"

"我是另一个，你之前遇到的那一位是我的兄弟。我是在你哥哥谢敏处的小鬼。"

"我管你是在谁那里的，你现在可是又被我逮着了！"

说着伊凡就要挨着车沿打他，小鬼害怕就哀求起来。他说："放了我吧，我再不来了，你要什么，我都给你做。"

"你能做什么呢？"

"你想用什么变成兵，我都变得出来。"

"兵又能怎样呢？兵会做什么事！"

"兵能做很多事，你要他做什么，只管吩咐他们就行，他们都会做。"

"他们会唱歌吗?"

"会的。"

"那有什么，你变吧。"

小鬼说："那你捆几把麦子，按到地上摇上几下，你只要说：我的奴隶有命令，不要再做麦捆了，有几根麦，就变几个兵。"

伊凡便听那小鬼的话，拿了麦捆，摇了摇，又把小鬼教他的话说了一遍。惊奇的是，麦捆竟真的跳起来，变成了兵，前面领头的是一位鼓手，大家一起吹起军号来。伊凡看到这里，笑了笑说："哈哈，你可真聪明！这样正好叫我的妹妹开心开心。"

小鬼说："那，你现在能放我了吧。"

"还不行，你还要教我做个'还原法'，不然麦粒都糟蹋掉了，你教教我怎么让这些兵还原，再变成麦梗。我要打麦了。"

小鬼说："你只要说：'有几个兵，变几根麦。我的奴隶有命令，再变成麦捆！'这样就可以了。"伊凡听了又照样做了一遍，士兵又变成麦捆了。

小鬼又哀求道："现在可以放我了吧。"

"那有什么。"伊凡说着就把小鬼抵住车沿，用手抓住，就从叉上拔下来了，嘴里还念叨了一句"上帝保佑"。和之前一样，就在伊凡刚刚说到"上帝"的时候，小鬼突然就隐到地里去了，好像石头落在水里似的，只剩下一个洞。

伊凡走回家，看到家里正坐着他的二哥塔拉史和他的老婆，他们正在吃晚饭呢。由于大肚子塔拉史还不清债，为了躲账，只好跑到父亲这儿来生活了。

他看见伊凡，就说："伊凡，恳请你养活我们夫妻二人吧，等我能够再出去做生意时我们立马就走。"

伊凡说："那有什么，你们就在这儿过吧。"

伊凡说着脱去外衣，坐到桌子那边去。

大肚子塔拉史的老婆不高兴了，说："我不能和他这个傻子在一块儿吃饭，他的汗酸臭难闻死了。"

大肚子塔拉史就说："我太太说，你身上的臭味不好，你到帐篷里去吃吧。"

伊凡说："那有什么呢。"说完，他就拿着面包，往院子里去，边走边说："刚好，我正要到'棚屋'里去，去喂马呢。"

五

从塔拉史那儿来的小鬼，做完了那一晚的事，如约跑来帮助他的伙伴们，一起捉弄呆伊凡。他先是来到田里，找来找去，找他的伙伴们，一个都没有找到，只找着一个洞。来到草地里，只在池子里找着了一条尾巴，他又来到割麦场上，又找着一个洞。他想："天，看来我的伙伴们是遇害了，我得代替他们，去捉弄那个傻子。"

小鬼跑去找伊凡。可是田里的工作，伊凡已经做完了，现在，他正在树林里砍木头。

他为什么要砍木头呢？原来是他的哥哥们回家来住，但家里地方太狭小，于是他们就让伊凡砍木头，好来盖新房子。

小鬼得知后，就跑到树林子里来，爬进树枝搅扰伊凡砍树。伊凡砍下树枝来，想让树枝掉在地上，这样就容易拉倒树干，可那树就那么不凑巧，偏偏掉在那不方便的地方，架在了几根枝丫上面。伊凡只好砍断那些枝丫，这样才算把树干弄下来。别说，砍倒一棵树还真不容易。

砍第二棵的时候，又是这样，伊凡用尽力气，依旧是枉然。到了第三棵，还是这样。伊凡本打算砍五十棵小树的，如今还没砍到十棵，天就已经昏黑了。伊凡烦心起来，一身的汗，热气腾腾的，就像满树林子下了雾似的，可他依旧不肯放弃。又砍了一棵树后，他的背脊痛了起来，再也没有力量继续砍了。于是，他把斧头砍在树上，想先休息休息。

躲在一旁的小鬼听不到伊凡的声息了，马上欢喜起来。他想："他毕竟没有气力了，想要停工，不如我也来休息休息。"这么想着，他就坐在树枝上面，正在高兴的时候，伊凡突然站起来，举起斧头就是一斧，刚好砍在小鬼休息的那一面，顿时树身一震，树枝掉落下来。小鬼没有一点儿提防，也没有来得及挪开，崩坏的树枝就扎住了他的脚。伊凡拨开树枝，一瞧，原来是一个活小鬼。

伊凡奇怪起来，摇着头说："唉，是你呀，好捉弄人的东西！你怎么又来了！"

"不，我是另一个。我是在你哥哥塔拉史那儿的。"

"我管你是在哪里的，这次你可要遭殃了。"

伊凡说着就挥起了斧头，要用斧柄打他。

小鬼可怜兮兮地看着他，哀求说："不要打我，你要什么我都给你做。"

"你会做什么呢?"

"我会做钱，不管你要多少，我都做得出来。"

"那有什么，你就做出来吧!"

小鬼就教他做，说："你在那棵橡树上采些橡树叶，然后放在手里揉，就有金子掉下来。"

伊凡就去采了些叶子，放在手里揉一揉，金子果然掉下来了。

"这好得很，和小孩子玩耍的时候，可以玩玩。"

"现在放了我吧。"

"那有什么!"伊凡说完,便拿着树枝,放开了小鬼,还不忘说一声"上帝保佑你"。还是一样,伊凡刚刚说到"上帝"二字,小鬼突然就隐到地里去了,好像石头落到水里去似的,只剩下一个洞。

六

新房子盖好后,三兄弟就各自分居了。

这时,伊凡田地里的工作也已收拾完毕,他酿好啤酒,去请他的哥哥们来玩。他的两位哥哥自然不肯到伊凡这里来做客。他们说:"我们不要看那些乡下人的玩意儿。"

伊凡便请了些农夫村妇来,他自己也吃喝起来,喝醉了跑到街上组织起跳舞队。伊凡走近跳舞队,想让村妇们恭维他。他说:"你们一生没看见过的东西,我会给你们的。"

村妇们听他这么说都笑开了,于是恭维他。大家恭维了他一番,说:"可以了吧,现在你得把东西给我们了。"

伊凡说:"我立刻就拿来。"伊凡说完,拿起一只篮子就往树林子里跑。村妇们都笑他:"大家看那个傻子!"

说笑过后，大家也便忘掉伊凡说的话了。忽然，伊凡跑回来了，而且手里拿着满篮子的东西。

"分给你们，怎么样？"

"那你就分吧。"

伊凡便从篮子里抓着一把金子，往村妇们身上一掷，还大声喊："老太太们呀！"

村妇们一见是金子，就都奔着去捡。这时，她们跳起来，互不相让，争着去抢。一位老太太险些儿被她们压死。

伊凡大笑着，说："啊呀！你们这些傻子。你们怎么能压着那位老太太呢？你们轻点儿，我再给你们就是了。"说完，他又撒起来。大家又是乱跑一阵，没多大工夫，伊凡就把一篮子金子撒完了。可大家还是要，伊凡就说："都撒完了。下次再给你们好了。现在你们来跳舞吧，来唱歌吧。"

村妇们唱了一会儿歌，伊凡说："你们的歌唱得不好。"

大家就问："怎么样才是好的呢？"

伊凡就说："我马上让你们听听什么是好歌。"

他说完，就向麦场跑去。到了麦场，他拿了一捆麦子，把绳子扎好，摇了摇说："我的奴隶有命令，不要做麦捆了，每一根麦，是一个兵。"伊凡说完，麦捆就跳了起来变成了兵，军鼓军号也吹打起来。伊凡就下了命令，命令他们唱歌跟在自己后面去往街上。大家感到奇怪极了，就在兵正唱着起劲的时候，伊凡下命令叫他们回麦场，他不许村妇们跟着。到了麦场，他又把那些兵变成麦捆，掷在场里去了。

忙完这些后，伊凡才回了家，到棚屋里去睡觉了。

七

第二天一早，伊凡的大哥兵士谢敏知道了这些事，他便跑到伊凡家里。他问伊凡："告诉我，那些兵你是从什么地方带来的，你又把他们带到什么地方去了？"

伊凡是："你又要做什么呢？"

"你知道吗，一旦有了兵，什么事都好办，还能得到一个国家呢。"

伊凡奇怪起来，说："你怎么不早说呢？你要多少我都变得出来。我和哑巴妹妹常常变来变去，不知道多少次了。"

伊凡带着谢敏来到麦场，和他说："你瞧着吧，我来变些兵，可是你得带他们走，还得给他们吃的东西，要不然，他们一天就能把全村吃尽了。"

兵士谢敏答应把兵带走，伊凡就变起兵来。他把麦捆连摇几摇，念念咒语；再摇摇另一捆又念念咒；如此，他变出许多兵来，满草场都站满了。

伊凡问："怎么样，可以了吗？"

谢敏喜欢得很，说："可以了。谢谢你，伊凡。"

伊凡道："这样好了。你若是还要，你再来，我再变些就是了。现在麦梗还多得很呢。"

谢敏就带着这些兵，组建好军队，去打仗去了。

谢敏刚刚走，大肚子塔拉史就来了，他也知道了昨天的事，就来问他的兄弟："你告诉我，你从什么地方弄来的那些金钱？如果我有了这么多钱，就可以用这些钱把全世界的钱都弄来。"

伊凡奇怪起来，问："哦？那你应当早点儿告诉我，不管你要多少，我都会给你弄来。"

大肚子塔拉史高兴极了，说："你只给我三篮子，也就够了。"

伊凡说："那有什么，我们到树林子里去，不过需要驾匹好马。"

"难道你拿不动。"

两兄弟一起来到树林子里，伊凡就把橡树叶子捡起来，在手里揉了揉，念念咒语，眼前立马变成一大堆的金子。

"怎么样，可以了吗?"

塔拉史很是开心，忙说："暂时可以了。谢谢你，伊凡。"

伊凡说："好吧，你如果还要，你再来，我再弄给你就是了，反正叶子多着呢。"

得了金子的塔拉史，装着整车的金钱，重新去做生意了。

就这样，他的两位哥哥都走了。

谢敏去打仗了，塔拉史去做生意了。兵士谢敏征服了一个国，大肚子塔拉史做生意赚了不少钱。他们兄弟俩碰头了互相谈起来：谢敏的兵，塔拉史的钱是从什么地方得来的。

兵士谢敏和大肚子塔拉史说："我征服了一个国家，我的生活是很好的了，可惜我没有钱来养兵。"

大肚子塔拉史说："我有了一座山一样的金钱，过日子是不怕了，就只有一样令我苦恼，就是没有人替我看守那些钱。"

兵士谢敏就说："不如我们再到伊凡那儿去，我叫他再变些兵，给你去看钱；你叫他变些钱给我，我好拿去养兵。"

两人商量好后，就一起跑到伊凡家。见了伊凡，谢敏就说："好兄弟，我的兵太少，再给我些兵，只要再变两捆麦也就够了。"

伊凡摇摇头说："不行，我再也不给你兵了。"

"为什么，你不是答应我的吗?"

"我是答应你的，这不错，可是我不再变了。"

"你这个傻子，为什么又不变了呢?"

"就因为你的兵打死了人。那天，我在道旁耕田，看见一位村妇抬着一口棺材，一边走一边号啕大哭。我就问她：'谁死了呢？'她说：'我的丈夫和谢敏的兵打仗，被打死了。'从前，我以为兵是唱歌的，可现在他们却打死了人。所以，我再也不给你了。"

伊凡很固执，说不给就一定不给。

大肚子塔拉史又来问呆伊凡，要他再变些金钱给他。

伊凡也是摇摇头，说："不行，我再也不给你变钱了。"

"为什么，你不是答应我的吗？"

"我是答应你的，这不错，可是我再也不变了。"

"你这个傻子，为什么又不变了呢？"

"就因为你有了钱把米哈衣洛夫家的牛强夺走了。"

"怎么是强夺了呢？"

"就是让你强夺走的：米哈衣洛夫有一只牛，平时他家的小孩都吃那只牛的奶，可有一天，他家的小孩子却跑到我这里来要奶吃。我就问他们：'你们家的牛哪里去了？'

他们说：'塔拉史家管账的来，给了我们妈三块金东西，我妈就把牛给他了，现在我们没有奶吃了。'从前，我以为那种金色的东西是你要着玩的，现在你却强夺了人家小孩子的牛，他们连奶都喝不上。所以，我再也不给你了。"

呆伊凡很固执，说不给就一定不肯再给。最后，他那两个哥哥也就走了。

但这两个人并不死心，他们又商量起来，他们的难关怎样才能渡过呢？

谢敏说："就这样办吧。你给我钱养兵，我给你半个国和兵看守你的钱。"塔拉史听了觉得这主意不错，也就同意了。于是，兄弟俩均分各自应得的部分了，两个人都做了国王，两个人都有钱了。

八

伊凡住在家里，照旧养活父亲和母亲，和哑巴妹妹做农工。

有一次，伊凡家的一只老狗生病了，身上长满了疥癣，快要死了。伊凡很可怜他，问哑巴妹妹要了些面包，放在帽子里，打算拿去给那只狗吃。谁知刚向它一掷，帽子就破了，面包和一枝根同时掉出来。老狗就吞了那枝根和面包，那枝根刚被吞下去，老狗就跳起来，竟开始和伊凡逗着玩儿，还摇摇尾巴汪汪地叫个不停，病就这么神奇地好了。

这件事惊动了伊凡的父亲和母亲，他们看着奇怪，便问他："你用什么东西，把这狗医治好的?"

伊凡说："我有两枝小根，什么病都医治得好，刚才它吃了一枝。"

这时，刚好一位国王的女儿得了病，国王在全国的城镇招贴告示，许诺谁医好了他女儿，他就重赏他，假如是个没有娶过亲的人，他就把女儿嫁给他。伊凡所在的村里，也接到这种命令。

得知这个消息后，伊凡的父亲和母亲就叫伊凡来，跟他说："你听见国王的命令没有? 你不是说你有小根吗，那你去吧，去医治国王的女儿。这样，你的一生就幸福了。"

伊凡说："那有什么!"

于是，伊凡就收拾行装起程。伊凡穿好农服，走下台阶，瞧见有一个拐手的讨饭婆站在那里，讨饭婆说："我听说你会医病，是吗? 那么请你医治好我的手吧，要不然，我连鞋都不会穿啊。"

伊凡说："那有什么！"说完，便掏出那枝根给那讨饭婆，叫她吞下去。讨饭婆把枝根吞下去之后，病就好了，立刻她的手就能动了。

这一边，伊凡的父亲和母亲正走出来打算送伊凡到国王那里去，却听说伊凡已经把那一枝根给了人，眼下没有东西可以医治国王的女儿了，他们就骂他："你只可怜那讨饭婆，国王的女儿你就不可怜了。"

被父母一说，伊凡又可怜起国王的女儿来。于是，他驾着马，在车厢里扔了些草麦，坐上去就要走。

"你到什么地方去，你这个傻子？"

"去医治国王的女儿呀。"

"你要用什么东西去医呀？"

"那有什么！"伊凡说着就赶着马走了。

伊凡走到王宫，刚迈上台阶，国王女儿的病就好了。

国王自然高兴坏了，立即下令让伊凡去洗澡，还吩咐下人给他穿好衣服，收拾干净，然后对他说："你做我的女婿吧。"

伊凡说："那有什么！"

就这样，伊凡娶了那位公主。没过多久，那个国王死了，伊凡就继位做了国王。那时兄弟三人，都有了各自的国土，各自为王。

九

兄弟三个人都做了国王。

大哥兵士谢敏倒是不错。他有了自己的草兵，还打算招募些真兵。他下令全国，让每十家派出一名兵，当兵的要身材高大，脸面也要整洁。他把招来的这许多兵，都训练好了，谁要是有什么违背他的地方，他就立刻派兵去讨伐。由于他想干什么就干什么，所以人人都怕他。

他的生活也过得很好。他刚想着要些什么，只需丢个眼色，那就是他的了。因为他可以派出兵去，他要什么，那些兵就替他去拿，去抢来。

大肚子塔拉史也很好。伊凡给他的钱，他还没有花完，自己还赚了不少。他在自己的国家定了好多法律。他把自己的钱，都藏在箱子里，却到百姓那里去要钱。比如收些人头税、通行税、乘车税、鞋税、袜税、衣饰税等，总之，能想到的他都想到了。人家因为他有钱，什么都得给他，人人都来替他做工，因为人人都需要钱来生活啊。

呆伊凡过得也不坏。他的丈人刚下葬，他就脱掉了国王的御服，还给他的夫人，还让夫人把国王的衣服藏到箱子里去。之后，他依旧穿上粗布短裤褂和草鞋，做起工来。他说："什么活都不干，让我很是气闷，肚子也胀起来，吃饭吃不下，睡也睡不着。"所以，他依然和父亲母亲以及他的哑巴妹妹一起做工。

大家跟他说："要知道，你现在是个国王呀！"

他说："那有什么呢，国王也得吃饭啊！"

大臣到他那里去，跟他说："我们没钱发俸禄了。"

他说："那有什么呢，没有，不发就是了。"

大臣说："这样的话他们就不肯当差了。"

他又说："那有什么，就让他们去吧，不当差，他们更可以随便去做工了，让他们去运些粪，这样也好多些肥料。"

有人跑到伊凡住处来告状。其中一个人说："他偷我的钱。"

伊凡说："那有什么！你要知道，他必定是有用呢。"

渐渐地，大家都知道了伊凡是一个傻子。他的公主老婆跟他说："人家说你是傻子。"

伊凡说："那有什么！"

伊凡的老婆想不通，最后想来想去，也成了傻子了。

她自己说："我怎么能违背丈夫做事呢？针在什么地方，线也要到什么地方去，这样才对呀！"她说完，便脱掉了王后的御服，也放在箱子里，一个人跑到哑巴妹妹那里学起做工来。学会了做工，她就来帮助丈夫。

没过多久，伊凡所领导的国家里，聪明的人都走了，只剩下一些傻子。大家都没有钱。他们活着，工作着，自己养活着自己，养活些好人。

十

那个企图陷害三兄弟的老魔王等来等去，一直在等小鬼的消息。他想知道他们把那兄弟三人搅成什么样了，可是等到最后什么消息都没有。他决定自己去探听探听，找来找去，找遍所有地方都找不到三个小鬼，只找着三个洞。他想："哦，看来他们没有成功，这下只得自己来动手了。"

他去找那三兄弟，却发现他们已经不在老地方了。他找到他们三个的国内，才知道三个人都做了国王。老魔王看着，气得要命。

他说："看来只有我自己动手了。"

他首先到谢敏大王的国家。不过，他不是以自己真实的模样去的，他变成了一个将军，跑到谢敏大王那里，说："我听说过你，谢敏大王，你是个伟大的军人，我在军事上很有学问，很愿意替你当差。"谢敏大王对他细细盘问了一番，觉得他是个聪明人，就叫他留下当差。

于是，这个新将军就教着谢敏大王怎样去训练扩充他的军队。

他说："第一，得多招些兵，你看你的国里，许多百姓都是游手好闲的。我认为只要是年轻人都应当来当兵，不必挑选，这样一来你现在的兵就可以多五倍。第二，应当制些新枪炮。我来给你制造那种枪，一次可以放出一百颗子弹，像豆子一样飞射出去。我再制造那种炮，能够炸毁很多东西的。人呀，马呀，城墙呀，一律都能烧得毁。"

谢敏大王听了新将军的话，立即下令，凡是少壮的人都编成军队，还要建起新制造局，制造新枪新炮。他还立刻向邻国宣战。

军队刚一出发，就遇着了敌兵，谢敏大王就下令，命令士兵们向敌人开枪放炮，一时炸裂烧毁了一半敌兵。邻国的国王见状很害怕，只得投降让国。这场胜仗，让谢敏大王很是欢喜，他说："现在我可以去打印度王了。"

印度王已经听说了谢敏大王的事情，于是也学着他的计划进行调整部队，而他自已又想出一些新计划。印度王不但把一些少壮人都编成军队，更招募一些没有出嫁的女人，所以他的军队比谢敏大王的多很多。至于枪炮，印度大王也都是学着谢敏大王的方法制成的，而且他更是想出了航空的法子，可以从上面掷下炸弹来。

谢敏大王带着他的军队来和印度王开战，想着可以和上次一样打胜仗，只是他料错了。印度王不等谢敏的兵赶到射击地，就先派自己的娘子军飞到谢敏的军队上面，投掷炸弹。娘子军驾着飞行器来到谢敏军队上面，抛掷炸弹，就像硼砂散落在油虫上一样，谢敏的军队立马就跑散了。只剩下谢敏大王一个人。

就这样，印度王占领了谢敏的国土，谢敏和他的那些兵士就都逃走了。

老魔王弄坏了第一个兄弟，暗自得意，接着他又跑到塔拉史大王那里去了。

这次，他变了一个商人，在塔拉史的国家住了下来。他先是盖起一所大钱庄，放出钱去。这位商人出高价购买一切东西，于是，人人都奔到商人那里去赚钱。臣民们人人都有很多的钱，他们的欠款也都还清了，而且还能按期缴纳租税。塔拉史自然是很高兴。他想："这还得谢谢那位商人，现在我的钱更多了，我的生活也更好过了。"

贪心的塔拉史又有了新企图，他想要盖一座新宫殿。于是他下令，让百姓运木材和石料，动工开始盖新宫殿，而且，他还定下很高的价钱。塔拉史大王以为百姓会和以前一样，因为他有钱呀，大家一定都会来做工的。但是等他察看了一番后，发现所有的木材和砖石，都运到商人那里去了，所有工人也都到他那里去了。塔拉史大王决定再加一倍价钱，可那个商人加得更多。塔拉史的钱虽然多，可那个商人的钱比他更多。而且商人总会超过塔拉史国王的定价。如此，塔拉史国王的新宫殿也盖不成了。

既然宫殿盖不成，那就盖座花园吧，塔拉史大王这么想。很快，秋天来了，塔拉史大王又下了一道命令，让百姓到他那里去盖花园，种花树。可是，命令下达很久，没有一个人来，大家都给那个商人去开池子了。紧接着冬天来了，塔拉史大王想买貂皮做件新皮袄。他派人去买，使者回来报告说："没有貂，皮子都在商人那里了，他出了更高的价钱，买貂皮做成了地毯。"

塔拉史大王无法，便作罢。没多久，他又想买几匹马。他派人去买，使者回来说："所有的好马，都在商人那里，替他运水灌地呢。"

就这样，国王的事情，一件一件的，没有一个人给办成，大家都去为商人办事了，他们只拿着商人的钱，来缴纳他的租税。

塔拉史国王的钱越积越多，竟没有地方去藏，他的生活也越来越坏。这时候，国王也不奢望什么了，不管怎样，只要能生活就可以了，可是这样的要求竟也不能够满足。他的样样事都难办，因为他的厨夫、仆役、车夫，都到商人那里去了。他连食物都得不到，走到市场上去买点什么，什么都没有：商人都买去了，他能得到的只有缴租税的钱不断地送来。

终于，塔拉史大王发怒了，他把商人驱逐出境。这商人就在边境住着，还是和之前一样做事，因为商人太有钱了。国王要的东西都被人送到商人那里去了，国王觉得一切都乱套了，他的事简直没法办。他没有食物，却还听到他的臣民常常讨论一些话题，说是商人已经夸下海口了，说他要买国王本人呢。塔拉史大王听了这个消息烦闷得很，却又不知道怎么样才好。

就在这时，兵士谢敏跑到他这里来了，向他求救说："你帮帮我吧，印度王把我打败了呀。"

可是塔拉史大王自己都自顾不暇，哪有精力去帮他。所以，他只得说："我自己也已经两天没有吃东西了。"

十一

弄坏了那两位兄弟，老魔王又跑到伊凡那里去。这次，老魔王变了一个将军，他跑到伊凡那里，恳请伊凡让他带兵，他说："作为一国之王，没有兵，那是万万不行的。你只要命令我，我就会让你的百姓都练成兵，然后编成一队军队。"

伊凡听他这样说，便道："那有什么，那你去编吧，可是你还教他们好好唱歌，我最喜欢这个。"

老魔王走进伊凡的国，自由去征兵。他想大家都来当兵，便对他们说："你们如果剃光头，每人可得一升酒，一项红帽子。"

那些傻子都笑开了，说："我们这里，酒是很随便的，我们自己都会酿，帽子呢，你要什么样的都有，我们的女人都会缝，就是要带花的也成，再挂些璎珞也很容易。"

老魔王没有征到一个兵。他又到伊凡那里，说："你的那些傻子都不愿意来，我看必须要强迫他们才行。"

伊凡说："那有什么，你去强迫他们吧。"

于是，老魔王就下令叫一些傻子来当兵，并且说，谁如果不来，伊凡大王就要定他的死罪。

那些傻子听了，便跑到老魔王变成的将军那里说："你跟我们说我们如果不当兵，国王就要定我们的死罪，可是你没有跟我们说，我们当了兵，又会怎么样。听说当兵的是要被人杀死的。"

"也许有这样的事。"

大家听了，就说："那我们还是不要去了，死在家里总比死在外面好些。反正也逃不了一死。"

老魔王喊："傻子，你们这些傻子！当兵有可能被打死，但也有可能活下来呀，可是不当兵，伊凡大王就一定会给你们定死罪呀。"

那些傻子想了想，索性跑到伊凡那里直接去问了："将军说的，叫我们全去当兵。他说，你们如果去当兵，那么，你们有可能被打死，但也有可能活下来，但如果你们不去的话，伊凡大王一定会定你们的死罪。这话是真的吗?"

伊凡笑了笑，说："怎么可能呢，我一个人怎么能把你们这么多人都弄死呢？我如果不是傻子，我就跟你们讲明白了，不过话说回来，我自己也不会去的。"

大家说："那么，我们就不要去了。"

伊凡说："那有什么，你们不用去啊。"

于是，这些傻子又跑到将军那里，都说不去当兵了。

老魔王恨得牙痒痒，眼看他的事情又不成，他就跑到答腊冈王那里去，假造谣言。

他说："我们去打伊凡大王吧。在他那里，除了没有金钱，其他的粮食呀，牲畜呀好多呢。"

听了老魔王的话，答腊冈王真就召集了许多军队，预备好枪炮，领着兵走出国境，来到伊凡的国家。

有人跑去向伊凡报告："答腊冈王领着兵来打我们了。"

伊凡说："那有什么，让他来就是了。"

答腊冈王领着兵进了边境，他先派出先锋队来找伊凡的军队。找来找去，也没找到军队，他就在那儿等，可等来等去，什么都没有？答腊冈王很费解，竟然没有敌人的军队，竟然没有人和他们打。

于是，答腊冈王就派了他的兵去占据村庄。那些兵到了一个村庄，一些傻小子、傻姑娘，就跳出来瞧着那些兵，觉得这些人可真是奇怪得很。那些兵就动手去抢那些傻子的粮食和牲口，而那些傻子也不反抗，竟然还亲自给他们。那些兵又跑到第二个村庄，遇到的情景和之前的一模一样。那些兵跑了一天又一天，所到之处都是那样：什么东西都肯给，没有一个人抵抗，而且，他们还请那些兵来和他们一同住。他们说："亲爱的朋友们呀，要是你在你的国里住着不好，那就快请来和我们同住吧。"

那些兵跑来跑去，跑了许久，也没有见着什么军队，只有百姓，他们自己养活自己，又养活家人。他们都不抵抗，还请人去同住。

那些兵开始心烦起来了，便回到答腊冈王那里，说："我们不打了，带我们到别的地方去打吧。这仗没法打啊，这简直跟一团糨糊似的。我们不能在这里打仗了。"

答腊冈王听了不禁大怒，他立刻对自己的军队下令，命令他们走遍全国，毁掉一切村庄和房屋，烧毁粮食，打杀牲口。他说："你们如果不听我的命令，我就把你们全部处死。"

听到大王这么说，兵士们害怕了，他们只得遵令去办。他们开始烧毁粮食和房屋，打杀牲口。可那些傻子还是全不抵抗，他们只是哭。老翁哭，老妇哭，小孩子也哭。他们哭着说："你们为什么要害人啊？你们这是做什么呀，把好好的东西都糟蹋掉啊？你们要用的话，只管拿去用就好了。"

那些兵士听了无一不觉得羞愧。一会儿工夫，人就都逃散了。

十二

老魔王的诡计没有得逞，他搬来的兵没有把伊凡赶跑。可他不死心，又想了另一个办法。

这次，老魔王变了一个彬彬有礼的绅士，他来到伊凡的国家住下。他准备像对大肚子塔拉史一样，用金钱来赶跑伊凡。他向伊凡国里的那些傻子说："我来这里，是要给你们做些好事，把你们都教得聪明有学问。我要在你们这里住下来，盖一所房屋，创办一个大钱庄。"

傻子们说："那有什么呢，你就住下来吧。"

就这样，老魔王在伊凡的国里度过了第一夜，第二天早晨，他来到一处空场上，拿出一大袋金子和纸片说："你们这些人活着，笨得像猪一样，现在我来教你们，应当怎样生活。你们照这个纸片上的规划，给我盖一所房屋。你们来做工，我来指导你们，当然，我还要给你们这些金钱。"

说完，他当即就拿出金钱来给大家看。那些傻子看了都奇怪起来：他们铺子里是没有所谓金钱的，他们只是用东西换东西，或者做工当报酬。他们很奇怪地看着那些金钱说："这玩意儿倒是不错。"

于是老魔王就用那些所谓的"玩意儿"，来换他们的东西和工作。就像在大肚子塔拉史国中时一样，老魔王开始放出金钱去，人家因为他有钱，所以什么东西都换给他，什么工作都替他做。老魔王高兴起来，心里想："看来我的事要成功了！现在我就要搬倒这个傻子了，和塔拉史一样，就是他的肚肠我都可以买得来呢。"

开始的时候，那些傻子积聚些金钱还觉得挺有意思，一些女人可以用这些金币来打首饰，一些姑娘则都把金子嵌在镰刀上做装饰，还有一些小孩子，他们都拿着金币到街上戏耍。

但是等到人人都已经有了许多后，也就不再去拿了。老魔王的房屋还没盖好一半，粮食和牲口也只是储蓄了一部分。老魔王见自己的法子不怎么奏效，便又告诉他们，请让他们去他那里做工，给他运粮食，给他送牲口，并许诺他们说无论什么东西，无论什么工作，都给许多金钱。

可是还是没有人给他做，渐渐地，人们什么东西都不拿给他了。只有小孩子或小姑娘，有时拿着一个鸡蛋，去换些那金玩意儿，此外，再也没有人去换了。而老魔王呢，也没有什么可吃了。一副干净绅士模样的老魔王饿极了，便跑到村庄里，自己去买饭吃。他跑到一户人家。拿出金子来，要买只鸡，可是那家女主人却不要他的金子，只说："我这里，那种东西多得很。"

他又跑到一位没种田的女人家里，拿出金子给她，说要买她的槽白鱼。那女人说："你是个好人，但我不要这东西。你看，我没有儿女，也没有人要玩这个玩意儿，再说了，我已经有三块这种宝贝了。"

他又跑到一个乡下人那里，想要买块面包。乡下人也不要他的钱，说："我不要，请你求求基督吧，等一下我就叫女人来切面包。"

老魔王听了，啐了一口，回过身就开始跳。他刚要说着求基督时，可是不知怎的，他听着这两个字，比被刀刺还令他害怕。

老魔王几乎走遍了所有地方，连一点儿的面包也没有得到。这一路上，无论老魔王走到什么地方，谁也不肯为了他的钱，就给他东西。大家都说："随便你先拿些什么来，或者来做工，或者求求基督，都行。"可是老魔王除了金钱之外，什么都没有，他又不愿意做工，请求基督，他更做不来。老魔王怒了，他大喊道："我给你们钱，你们不要，你们要什么呢？你们有了钱，什么东西都买得到，什么工人都雇得到。"

可是，那些傻子根本不听他的话。

大家都说："我们不要，我们不需要买卖，我们也没有租税，就算我们有了钱，能用到什么地方去呢。"

那天，老魔王没有吃到晚饭，只得去睡了。

后来，这件事呈报到了伊凡那里。大家便都跑到他那里问："我们该怎么办呢？我们这里来了一位绅士，吃喝喜欢美味佳肴，穿衣爱干净整洁，可是他既不做工，也不求基督，只是把一些金玩意儿给我们大家。开始的时候，我们还换给他东西，因为那个时候，我们觉得那金玩意儿还没积聚起来，可如今，我们不能再给他了。我们该拿他怎么办呢？总不能饿死他呀。"

伊凡听了，说："那有什么，我们得养活他。就让他挨着一家一家走吧，就像牧师那样。"

没有办法，老魔王只得挨着一家一家走去。

这天，老魔王走到伊凡家。伊凡家里，他的哑巴妹妹正在预备饭食。从前有一些懒惰的人常常欺骗她。那些人没有做完工，就先跑去吃饭，经常把一饭桶的饭都吃完了。因此，哑巴妹妹就学了一个法子，只需看看手掌就知道谁偷没偷懒：谁手上有疙瘩，就让他坐上去吃，谁手上没有，就不让他吃。老魔王哪里知道这些，他刚爬上桌子，哑巴妹妹就抓起他的手看了看，见他的手上没有疙瘩，而且还干净得很，光滑，指甲也很长。哑巴妹妹就咿咿呀呀地叫着，连拖带拉，把老魔王拉下桌子去了。

伊凡的媳妇看到了，就对老魔王说："干净绅士啊，你可不要怪罪她才是，我们的这位小姑娘，如果看到谁手上没有疙瘩，她是绝对不肯让他上桌子吃饭的。所以，只能让你等一下了，等别人先吃，轮到你还要好一会儿呢。"

这下，老魔王可倒霉了，他原本想在国王那里坐着白吃的。所以，他就跟伊凡说："傻子，你们国家的法律，就是让每个人都要用手做工。你们的这种想法简直蠢笨极了。难道就全部得用手做工的吗？你想一想，聪明人用什么来做工的？"

伊凡说："在这里，我们这些傻子，只知道我们自己的风俗，除了手之外，我们也会用脊背呀。"

老魔王说："所以你们是傻子呀。不如我来教你们，怎么来用头脑做工。这样，你们就知道，用头脑做工比用手好得多呢。"

伊凡好奇起来，说："哦？难怪人家要叫我们傻子呢。"

老魔王又说："不过用头脑做工也不简单啊。你们不给我饭吃，是因为我手上没有疙瘩，可你们不知道，用头脑工作要比用手工作难上百倍呢。如果要让头脑转动起来还更难一倍呢。"

伊凡想了想，对他说："我亲爱的朋友呀，你为什么要这样自讨苦吃呢？难道让头脑转动是这么不容易的吗？既然如此，我看你还是做做容易一些工作吧，用手，用脊背，这样会好些的。"

老魔王说："我为什么自讨苦吃，我是因为可怜你们这些傻子呀。我自己倒不曾吃这些苦头，我是担心你们要永远做傻子呀。看，我就是用头脑做工的，现在让我来教教你们吧。"

伊凡便说："那么你教吧，不然，我们也只是用手做到老死罢了，你快让他们换着用用头脑吧。"

于是，老魔王答应来教他们了。

随后，伊凡给全国下了一个命令，说有一位绅士来了，他来教大家如何用头脑工作，而且用头脑来做工比用手做得更好，做得更多，所以，大家要来学学。

在伊凡国里，有一个旧时建造的高楼，还有一架梯子，可以一直上到最顶端，那上面是很高很高的。伊凡就领老魔王爬了上去，这样，大家就都能够看见了。

老魔王站在楼上，就在上面开始了他的演说。高楼下，许多傻子围着看。那些傻子心里认为这位绅士正要做出这样的事情，就是怎么不用手而是用头来做工。可是他们听来听去，也只听得老魔王讲怎么样不用做工，也能生活。

那些傻子自然是听不懂的。他们看了又看，觉得没什么意思，大家也就散了，各自去忙各自的事去了。

老魔王呢，照旧站在高楼上讲，站了一天又一天，讲了一天又一天，天天在那里讲。那些傻子呢，断然是想不到要把面包给他拿到楼上去的。傻子们以为，那位绅士既然能用头脑做工，做得比用手做得还好，那他就可以一边说着话，一边就用头脑把面包做出来了。

就这样，老魔王站在楼上照常地讲，又站了一天。而那些百姓走近来看了一看，也就又散了。

伊凡问他们："怎么样了？那位绅士用头脑做起工了没有？"

大家一起说："还没有呢，还是一个劲儿地在那儿讲呢。"

又站了一天，老魔王疲倦了，几乎支撑不住，一摇一晃地碰在柱子上。有一个傻子看着奇怪，就跑来告诉伊凡的老婆，伊凡的老婆就赶快跑到田地里去找她丈夫，很神奇地对他说："我们去瞧瞧吧。大家说，绅士开始用头脑做工了。"

伊凡觉得很奇怪，就说："好！"

他把马牵过来，骑上去就往楼那边去了。来到楼边，伊凡看到老魔王已经饿得不成样子了，摇摇晃晃站都站不稳，头还往柱子上碰了一下。等到伊凡走近一些，老魔王又是一晃，顺着下梯子滚了下来，头上碰了一个大疙瘩不说，连一级梯子都踏不住了。

见此状况，伊凡便说："哦！这绅士说的话，真是一点儿不错，让头脑转动起来真是更难一倍呢。你看，这不是吗，他的头上都长出个疙瘩来了，看来做这样的工作，头是要肿起来的。"

这时，老魔王已经跌下梯子，头又往地上一碰。伊凡原本想走近看一看，他做的工作多不多，忽然，地就裂了开来，老魔王瞬间就掉进了地洞里去，只剩下一个大洞。

伊凡好像很无奈，挠挠头说："唉，原来是你呀，好作弄人的东西！又是他！那么就祝他这位老兄身体康健吧！"

呆伊凡后来的生活，就一直这样，很多百姓都到他的国家来了，他的两位哥哥也来了。伊凡就养活着他们。很多人来了，到他那里都这么说："请你养活我们。"而伊凡呢，总是一个态度，他就对这些人说："那有什么呢，你们就住着吧，我们这里东西多着呢。"

不过，在伊凡的国家里，有一个风俗一直流传着，那就是：谁手上有疙瘩，就上桌子吃饭，谁手上没有，那么就没有饭吃。

三问题

在古时候，有一个国王，他突然开始思考这样的问题："人做事情一定得有三个办法，才能够稳操胜券：第一个，事情开始的时候，要知道什么时候才是最适合的时间；第二个，要知道哪人用得上，哪人用不上；第三个，要知道这许多事情中哪一件才是最要紧的。"想到这里，他认为这三条是很重要的，于是就通令全国，说只要能解决好这三条问题，就有重赏。

消息一传开，许多有学问的人便从四面八方前来朝见国王。只是在回答这些问题的时候，没有任何两个人是说得相同的。

回答第一个问题：有些人说，如果做每件事情时想知道什么时候最适合，那么就应当提前做出日程表来，而且定好的事情必须要严格按照计划去做，如此就都有适合的时候了；又有一些人说了，要提前决定做什么事情是根本办不到的，最要紧的就是不要因无谓的游戏来荒废有用的光阴，并且还要注意身边所发生的事情，遇到什么事情到时就做什么事情，这样也就合适了；还有一些人说了，说国王一个人怎么能够把各项事情都照顾的到呢，所以想要知道什么事情在什么时候做最适合，那么前提是先要有智士的谋划，这样才能合适；又有一些人有意见了，说也有许多事情是不必去询问谋士合适不合适的，这是需要自己来当机立断的。不过呢，这个前提是需要预先知道所发生的事情后才能够这么办，而卜者就是必不可少的了，所以要知道每件事情适合的时间，就应当去问卜者。

回答第二个问题：大家的说法也不同，有些人说国王最用得着的人就是宰相和群臣；有些人说国王最用得着的人是祭司；又有些人说国王最需要的人应该是医生；还有些人说国王最需要的是军队才对。

最后一个问题：有些人说世界上最重要的事是学问；

又有些人说最重要的是打仗的智谋；还有些人说敬神最重要。

如此，许多答案都是不同的，弄得国王也不知如何是好，索性一个都不采用了，也不给他们赏金。那时，在这个国家里还有一个高尚贤哲的隐士，他大名鼎鼎，很受人们的推崇。于是，国王就想去找他解决这些问题。

这位隐士常年住在深林里面，独居不出，他平日所接待的人也不过是一些渔夫、樵夫、凡人和俗客。这天，国王也穿了平常人的衣服，距离隐士的住所还有很远一段路时，国王就让侍从停止了前进，他自己下了马，说剩下的路他要一个人走过去。

国王到了隐士的居所处，发现隐士正在屋前铲畦。他见国王来了，先是同国王行过礼，便又在那里铲起来。

隐士看上去很瘦弱，他用尽全力把铲子插入地里，也只是松动了一小块土，他自己却需要喘好大一会儿的气。国王见状，便跑到他面前说："我有一件事情要请教你。现在，我有三个问题希望你能回答：什么时候是我要谨记而不能错过的，哪一种人是我应该和他共事的，哪一种事情是我所做各种事情中最重要的？请你回答我。"

隐士听了国王这话，也不回答，只在手里头吐了些唾沫，然后又重新铲他的地。

国王说："我看你乏了，不如把铲子给我，我替你铲吧。"

隐士也不客气，他道了一声谢，就把铲子交给国王，自己呢，就坐在地上休息。国王铲了两行畦就停住了，又走去问他。可隐士还是不作回答，只见他站起来用手抓住铲子说："现在你休息会儿吧！让我自己来铲。"

可是国王却不给他铲子，又去勤勤恳恳地铲地了。几个小时后，太阳落在了树稍后，已经是薄暮时分，国王把铲子插在地里，走到隐士面前说："我来这里是恳求你回答我三个问题的，如果你回答不了，你就直接和我说，我要回去了。"

这时，隐士忽然说："看！那边跑来一个人，这人是谁呢？"

国王顺着隐士指着的方向往远一看，果然从树林那边跑来一个长着胡子的人。那人一边跑，一边用手捧住他的肚子，而他的手里有很多血流了出来。那个长着胡子的人刚跑到国王跟前，就倒在地下，闭着眼睛不省人事了，直在那里微微地呻吟着。

国王和隐士两人赶紧蹲下来，把那人的衣服解开，见他肚子上有一处很大的伤。国王就竭力给他止血，他用自己的手巾替那人包扎好，但是血还是流了很多。国王只好几次解开染满血的布洗了又洗，然后再把布拿来裹住那人的伤处。后来血慢慢地止住了，那人也醒了过来。这时，他张嘴说要喝水，国王就去取清水来喂他喝。

太阳已经完全下去了，天气变得很清凉，国王和隐士一起把受伤的人抬到了屋里，将他放在床上。那人闭着眼睛只管躺着，也不说话。由于国王白天走了许多路，又在隐士田里做了半天的工，实在累极了，所以刚走到门槛旁边，他就坐在地上睡熟了。

国王整整睡了一夜，直到第二天早晨才醒来，他睁开眼一看，不知道自己睡在这里，他看见那个长着胡子的人此时正躺在床上，眼睁睁地打量着他。

而那个长着胡子的人呢，看见国王醒了，就赶紧对他说："请你饶恕我吧！"

国王疑惑，便问："我也不认识你，我有什么可饶恕你的？"

那人说："你不认识我，可我却认识你，你我是仇人。

从前，你杀了我的兄弟，夺了我的财产，从那时起，我便与你誓不两立，每天都想着一定要报这大仇。后来，我得知你独自一个人到隐士那里去，所以就想着等你回来的时候，我就要刺杀你。可没想到，我等了好半天你也没有回来，我真是急得不得了，于是就从埋伏的地方出来，想侦查一下你到什么地方了。可偏巧正好遇见了你的守卫军，他们原本就认识我，所以就把我打伤了。我哪里还敢停留，就赶紧逃，不知不觉地就跑到了隐士的屋前，后面的你就知道了。由于流血过多，我就昏过去了。如今承蒙你的恩情，给我包扎了伤口，救了我一命。唉，我本来打算要刺死你，如今你却救了我的性命！现在只要我活着一天，便很愿意永远做你忠诚的仆人。并且，我还会让我的后代子孙都伺候你，现在，请你饶恕了我吧！"

国王听了很是高兴，他没想到自己和敌人竟然这么轻易就讲和了，所以他不但赦免了那人的罪，还允许把原本属于那人的财产发还给他，并且要派自己的奴仆和医生来给他治疗伤势。

和那人告别后，国王又来到了院子里，他还有事情需要去找隐士，因为他要在他回宫之前，知道隐士对于那三个问题的答案。

在昨天做工的地方，隐士正蹲在铲好的畦上种菜。国王走到他面前说："贤明智慧的人，现在我最后一次求你回答我之前提出的那三个问题！"

隐士也不站起来，只是抬起头来看着国王说："我不是都已给你答案了吗?"

国王一脸茫然，问："怎么? 你已然回答了我吗?"

隐士说："难道没有吗? 如果你昨天不怜惜我的衰弱，不替我铲地，而是一个人跑回去，那么你一定会遇到危险，受到那仇敌的攻击。到那时你就会后悔为什么不和我在一起了。所以呢，对于昨天而言，最适合的时候就是你替我铲畦的时候，最用得着的人就是我，而最重要的，就是给我做的好事。后来那人跑来，最合适的时候，就是你照顾他的时候，因为如果你不给他包扎伤口，他就死了，也不可能和你解开怨仇；最用得着的人就是他；而最重要的事情，就是你对他所做的好事。所以你应该记住，最重要的时候，其实就是一个当下，因为只有在这当下，你才能够主宰你自己；最重要的人，就是当下的人，因为谁都无法预料那人到底和我将有怎样的关系；最重要的事情，就是对最初遇见的人做好事，因为一个人来到这个世间，也不过是为了这个目的而已。"

难道这是应该的吗

在一片田野上，有一座规模很大的镕铁工厂。工厂的四面都砌着高墙，好几个大烟囱整天不住地冒着烟，打铁的声音很大，就是在很远很远的地方也都听得见。几个格外庞大的镕铁炉立在场院中，旁边是一条运送货物的小铁道，周围还有一片工厂的管理人和工人居住的许多房屋。

在矿山里头做工的人，跟在镕铁厂做工的人一样，多得跟蚂蚁似的。他们爬到离地面有百尺多深的矿山里去做工，矿山中的空间很小，又暗又窄，又有臭味又潮湿，常常要把人闷死。那些做工的人天天都要从早晨到晚上，或者从晚上到早晨，没命的挖铁。还有一些人弯着身子在黑暗中把铁或者黄土运到铁坑里去。之后，他们再重新拉着空车回来，装满了，又运到那里去。每天，他们都要做十二个小时或十四个小时的工。

在矿山中做工是这样辛苦，而在那镕铁厂里做工的人也丝毫不轻松，他们每天都工作在炙热不堪的火炉旁边；有些人在烧剩的铁和铁渣流下来的地方做工；还有些机器匠、火夫、打铁匠、瓦匠、木匠等其他在工厂里的人，也都一样，都要做十二个小时或十四个小时的工。

等到了礼拜那天，一些拿到了工钱的工人便出去洗澡休息。他们有时也不去洗澡，而是跑到酒馆饭店里去吃喝。直到喝得大醉才罢休。等礼拜一过，礼拜一大早，他们就又要做那种辛苦的工作了。

在工厂附近，有很多乡下人牵着瘦弱的老马，来耕别人家的田地。天还没亮起来，他们就驾着马从家里出来，怀里揣着几块干面包，就到别人家田地里去耕种了。

还有一些离工厂不远的乡下人，他们坐在石头道上，用席子挡着自己的身体，在那里打石子。他们的腿磨坏了，手也长出了厚茧，满身都是污泥，且不说脸面、头发和胡须，就连肺里头也装满了不少的石灰屑。

那些人从石堆里取下一块没被打碎的大石，把它放在地上，然后抡起沉重的锤子，用力砸下去，直到把那块石头砸碎为止。等到那石头被砸碎了，他们再拿砸碎了的石头继续砸，非得等到石片砸得十分碎才算完。

等砸完了这个，他们又拿起一整块石头，又开始……这些人每天都是如此，从清晨开始做工一直做到晚上，差不多要做十五个小时或是十六个小时的工。好在饭后他们还有两个小时的休息时间。他们一天吃两顿饭，早饭和晚饭都用干面包和清水来果腹。

那些在矿山里，在工厂里做工的人和农夫、石匠，从小到老都是这样生活的，他们的妻子和母亲因为艰苦的工作导致种种疾病缠身，也是这样生活；还有他们的父亲和孩子，吃得不好，穿得不好，还要做一些劳力过度，又伤害健康的工作，从早到晚，从小到老，也是这样生活。

而在这座工厂的附近，在石匠和农人的身旁，在许多居无定所、以求乞为生的男女中间，竟有一辆十分美丽的马车，这辆马车由四匹红栗毛的骏马驾着——就连其中最坏的一匹马，都超过了农夫所有的家产。那些马在那里驰骋着。

在这辆美丽的马车中，坐着两位贵夫人。她们撑着美丽的遮阳伞，头上戴着昂贵的帽子，帽儿上的白羽毛十分精美，光是看它的价值，简直比乡下人耕田的马都要贵上好几倍，风一吹，它们便迎风飘起来，十分好看。

马车的前座上，是一位军官，他穿着一套很讲究的衣服，上面的金纽扣金光闪闪的。再说这个马夫，马夫身上穿的是一套蓝色的制服，他喝了一点酒，驾着车一路横冲直撞，几乎把路上的小孩都踏倒。有一个刚从工厂里做工回来的乡人，也驾着一辆车，刚巧遇着这辆马车直撞过来，几乎就把这位乡人推入小河里。

那辆精致马车上的马夫竟然还大怒起来，扬着鞭子对那乡人说："你难道看不见吗?"

那乡人听了这话，赶紧一只手拉着缰绳，一只手战战兢兢地摘掉帽子，一脸抱歉的神色。

马车后面有二男一女，驾着自行车飞也似地跟着，嘴里不住的说说笑笑，好几个乞丐在后面跟着跑，他们却一直不理。

又有男女两人骑着马在石道上驰骋。那马和鞍子一看就知道价格不菲，就是一顶带面衣的黑帽子，差不多抵上石匠两个月的工钱，再看那一条英国式的马鞭，矿山里苦工辛苦做上一个礼拜的工也买不来。马的后面跟着一只又肥又大的外国狗，戴着一个很贵的项圈。那只狗伸长舌头在后面跑着，一步也不离开他的主人。

距离这辆马车不远的地方有另外一辆马车紧跟着。车上载着一个穿白围裙，一脸笑容穿得又很体面的姑娘；还有一个长着胡子的肥胖男人。那男人嘴里衔着一根纸烟，正在那里不知和姑娘说些什么话。

看吧，这就是那些坐在车里，骑在马上和自行车上的人的仆人。其实这也不是一件多么稀奇的事情。整个夏天他们都是这样生活的，差不多每天都要出去逛，偶尔还带茶酒美味，等等，为的是换着地方吃吃喝喝，这样才会有新鲜感。

这几位先生分别来自三个家庭，他们全住在乡下的别墅里：一位是乡下的绅士，家里有两千多亩田地；一位是做官的，每月三千卢布的薪水；还有一位是一家富有的大厂主的子弟。

这些人看着这群围着他们乞讨的人和苦工，一点儿也不觉得奇怪，当然，他们也一点也不觉得这些人值得同情。他们认为，这是一种很正当的现象。

那位骑马的妇人看着那只狗，忽然说："不，这不行，狗在这边，我就一点儿也看不见路了。"

她说着便让马车停住，大家聚在一起说了几句法国话，彼此间笑了笑，就把那狗放到马车里，又继续赶路了。被马蹄溅起来的石灰屑好比云雾一般飞起来，喷在路旁的石匠和走路人的身上。

一会儿工夫，马车、马、自行车便都远去了，好像成了另外一个世界的东西。然而那些在工厂里做工的工人、石匠和农夫依旧重复着他们辛苦乏味的工作，一直到他们死去。

这些穷苦的人目送那些贵人离去，自己不禁心想："人类就应该是这样活着的吗？"想到这里，他们的心里更觉得一阵阵的难受。

难道这就是应该的吗？

伊凡·伊里奇之死

一

　　法院大楼中，当梅尔文斯基的案子宣告审讯暂停时，法官和检察官都聚集到了伊凡·叶果洛维奇·谢贝克的办公室里。他们你一言我一语地谈论的不是别的，正是闹得满城风雨的克拉索夫的案件。

　　说到激动处，费多尔·瓦西里耶维奇的情绪高涨，他认为这个案子根本就不属于本法院的审理范围。而伊凡·叶果洛维奇的意见则恰恰相反。在一旁没有发表任何意见的彼得·伊凡内奇从一开始就没有参与这场争论，他只是默默地翻阅着刚送来的《公报》。

"大家听着！"他说，"伊凡·伊里奇死了。"

一直没有说话的彼得·伊凡内奇突然说出这样一个新闻。

"是真的吗？"

"喏，您自己看吧！"他这么对费多尔·瓦西里耶维奇说，与此同时，他还把那份正散发着油墨味的刚出版的报纸递了过去。

果然，《公报》上印着这样一则带着黑框的讣告："普拉斯柯菲雅·费多罗夫娜·高洛文娜沉痛哀告各位亲友，我的丈夫伊凡·伊里奇·高洛文法官于1882年2月4日逝世。兹定于礼拜五下午一时出殡。"

伊凡·伊里奇是他们这几位的同事，大家向来对他都有好感。说起来，他已经病了好几个礼拜了，听说患的是一种不治之症。自他生病开始，他的职位依然为他保留着。不过在此之前，大家早就推测过，如果他真若不幸了那么他的职位将由阿里克谢耶夫来接替，而阿里克谢耶夫的位置就属于文尼科夫或者是施塔别尔了。

因了这个缘故，一听到伊凡·伊里奇的死讯，办公室中在座的人首先想到的就是，他的离世对他们本人和亲友在职位调动和升迁上会有怎样的影响。

"这样一来，文尼科夫或者是施塔别尔的位置就有可能属于我了。"费多尔·瓦西里耶维奇不禁想到："这个位置已经说了很久要给我了，如果真能办成的话，那么在车马费之外，我每年还可以净增八百卢布的收入。"

"这次我可以申请把我的内弟从卡卢加调到这里来了。"彼得·伊凡内奇想，"得知这样的消息，我的妻子一定会很高兴的。以后，她也不会再说我不关心她的家人了。"

"其实我早就料到他得了这种病是很难再好起来的，"彼得·伊凡内奇叹息着说，"唉，真是可怜！"

"他究竟得的是什么病呢？"

"好几个医生都说不准。也可以说他们各有各的说法。我最后一次去探望他的时候，还以为他会好起来呢。"

"过节以后，我就再也没有去看望过他，虽然我是一直想去的。"

"那么，他有财产吗？"

"他太太手里应该有一些的，不过应该很有限。"

"是呀，真应该去看望一下她。只是他们住得太远了。"

"这倒是，从您那儿去挺远的。您住的地方到什么地方去都挺远的。"

"嘿，我不过住在河对岸，他总是有意见。"彼得·伊凡内奇笑嘻嘻地看着谢贝克说。

后来，大家又说了一些城市太大、市里的各个区之间的距离又太远之类的话，然后又回到法庭上去了。

伊凡·伊里奇的死讯就像一块石头落进了大家的心湖，大家不由得都开始推测人事上会不会因此发生什么重大调整。同时，那些与他交好或者认识的人也都暗自庆幸："好在，死的人不是我，是他。"

"喔，他死了，我还活着。"人人都这么想，或者说人人都有这样的一种感觉。就连一向与伊凡·伊里奇深交，也就是他所谓的朋友，到了这种时候，也不由得这样想。

这下，他们要按照习俗去参加丧礼并慰问遗孀了。

费多尔·瓦西里耶维奇和彼得·伊凡内奇都是伊凡·伊里奇交情最深的朋友。

彼得·伊凡内奇和伊凡·伊里奇曾经是法学院的同学，他自己也承认曾经受过伊凡·伊里奇很大的帮助。

到了午餐时间，彼得·伊凡内奇将伊凡·伊里奇去世的消息告诉了妻子，并将要争取把内弟调到本区工作的想法也告诉了她。吃完午餐，他没有休息，就穿上礼服，坐车去了伊凡·伊里奇的家。

伊凡·伊里奇的家门口停着一辆轿车和两辆出租马车。在他家的前厅衣帽架旁的墙边，停放着带穗子和擦得闪闪发亮的金银饰带的棺盖。两位穿黑衣的夫人在前厅内脱下了皮外套。其中一位是伊凡·伊里奇的姐姐，彼得·伊凡内奇见过她；另一位夫人，他之前没有见过。

这时，彼得·伊凡内奇的同事施瓦尔茨从楼上下来了，一看见彼得·伊凡内奇走进门，就站住脚步向他使了个眼色，那意思好像是说："伊凡·伊里奇真没出息，我们可不要这样。"

施瓦尔茨留着一脸英国式的络腮胡子，瘦高的身体穿着礼服，按理说应该很有一种典雅庄重的气派，只是他这气派和他天生的顽皮性格很不协调，因此就显得十分滑稽了。彼得·伊凡内奇看了，心里就有这样的感觉。

彼得·伊凡内奇让太太们在前面先走，自己则慢吞吞地跟着她们上楼。施瓦尔茨在楼梯顶上站住后，就没有再下来。对于施瓦尔茨的用意，彼得·伊凡内奇自然是懂得的：他想跟他约定，今晚到什么地方去打桥牌消磨时间。

太太们上楼后去了孀妇屋里，施瓦尔茨则一本正经地抿着他的厚嘴唇，眼睛里露出一种戏谑的神气，他向彼得·伊凡内奇挤挤眉，示意死人在右边的房间。

走进那间房间的时候，彼得·伊凡内奇还是有点困惑，不知道做些什么才好。不过有一点他很清楚，遇到这种场合，画十字总是不会有错的。至于要不要在画十字的时候鞠躬，他就没有把握了，所以他选择了一个折中法子：他走进屋里，一边用手画十字，一边微微点头，那样子看上去好像在鞠躬。在画十字和点头的同时，他还偷偷环顾了一下屋里的情况。他发现，有两个青年和一个中学生，他们大概是伊凡·伊里奇的侄儿，他们也是一面画十字，一面从屋子里出来。一个老妇人动也不动地站在那里，一个眉毛弯得很厉害的女人在对她低声说着什么话。精神饱满的诵经士身穿法衣，他的神态很严峻，口中大声念着什么，脸上呈现出一种神圣不可侵犯的样子。充当餐厅侍仆的庄稼汉盖拉西姆轻手轻脚地从彼得·伊凡内奇面前走过，不知把什么东西撒在了地板上。一看见这情景，彼得·伊凡内奇突然闻到了一阵淡淡的腐尸臭。他记得上次来探望伊凡·伊里奇时，曾在书房里见过这个庄稼汉。那时，他在护理伊凡·伊里奇，而伊凡·伊里奇也十分喜爱他。就这样，彼得·伊凡内奇一直画着十字，向棺材、诵经士和屋角桌上的圣像微微鞠着躬。直到他觉得十字已画得够了，便停下来打量死人。

死人就躺在那里，也像一般的死人那样，显得特别沉重。他僵硬的四肢陷入棺材里的衬垫中，脑袋靠在高高的枕头上，前额高高隆起，蜡黄蜡黄的，半秃的两鬓已经凹了进去，高挺的鼻子像是压迫着他的上唇。与上次看见他时相比，彼得·伊凡内奇觉得他的模样变化太大了。是的，变化很大，他的身体更瘦了，不过他的脸也像一般死人那样，比生前倒是显得好看了，显得很端庄。死人脸上的神态似乎表示，他已尽了责任，而且做得很周到；此外，他那神态似乎还在责备活着的人或者提醒他们一些什么事。而彼得·伊凡内奇却觉得没有什么事需要提醒他，至少现在没有什么事跟他有关系。

　　这样想着的时候，彼得·伊凡内奇的心里有点不快，于是又匆匆画了个十字——他自己也觉得这个十字画得太快，未免有些失礼——他转身往门口走去。施瓦尔茨早已在穿堂里候着了，他宽宽地叉开两腿站在那里，双手在背后玩弄着自己的大礼帽。彼得·伊凡内奇瞧了瞧穿着雅致、模样顽皮可笑的施瓦尔茨，立马就精神振作起来。他当然知道施瓦尔茨性格开朗，绝不会受这里哀伤气氛的影响。单是看他那副神气就可以知道他在想什么：伊凡·伊里奇的丧事是破坏不了他们的例会的，也就是说什么事情都不能妨碍他们今天晚上拆开一副新牌，在仆人点亮的四支新蜡烛中打一场牌。总之，这次丧事是不能影响他们今晚快乐的聚会的。所以，施瓦尔茨就把这个想法低声告诉从他身边走过的彼得·伊凡内奇，并提议说今晚到费多尔·瓦西里耶维奇的家中打牌。遗憾的是，彼得·伊凡内奇今天显然没有打牌的运气。普拉斯柯菲雅·费多罗夫娜和几位太太从内室走了出来。她的身材矮胖，虽然她想尽办法要自己消瘦，可是肩膀以下的部分却一个劲儿地横向发展。此时，她穿着一身黑衣，头上包着一块花边头巾，一对眉毛就像站在棺材旁那个女人的一样，弯得很。她把她们送到灵堂门口，说："马上要做丧事礼拜了，请你们进来吧。"

　　施瓦尔茨微微点头，站在那里显得很犹豫，到底要不要接受这个邀请。普拉斯柯菲雅·费多罗夫娜一下子就认出了彼得·伊凡内奇，她叹了一口气，然后走到他跟前，握住他的手说：

"我知道您是伊凡·伊里奇的知心朋友……"说到这里，她看了看彼得·伊凡内奇，好像是在等待他听了这话后做出一些回应。

彼得·伊凡内奇心里明白，既然刚才画了十字，那么现在就得握手，叹气，然后说一句："真是想不到！"之后，他就真的这样做了。做了以后，他发觉真的达到了预期的效果：他感动了，她也感动了。

"现在那边的礼拜仪式还没有开始，您请来一下，我有话要对您说，"普拉斯柯菲雅·费多罗夫娜说，"麻烦您扶着我。"

彼得·伊凡内奇于是伸出手臂挽住她，两人一起向内室走去。当他们从施瓦尔茨身边经过时，施瓦尔茨失望地向彼得·伊凡内奇使了个眼色。

"唉，看来这牌是打不成了！如果我们另外找到搭档，到时候你可别怪我们。要是你能侥幸脱身，五人一起玩也是可以的。"他那淘气的目光中仿佛流露出这样的讯息。

彼得·伊凡内奇叹了口气，神情更深沉也更悲伤。普拉斯柯菲雅·费多罗夫娜看到他如此悲伤的样子，十分感激地捏了捏他的手臂。他们并肩走进灯光暗淡、挂着玫瑰红花布窗帘的客厅，然后在桌旁坐下来。她坐在沙发上，彼得·伊凡内奇坐在一旁的矮沙发凳上，沙发凳的弹簧已经损坏，凳面也已凹陷下去。原本普拉斯柯菲雅·费多罗夫娜是想叫他换一把椅子坐的，可她觉得这个时候说这些话显得不太得体，索性作罢了。坐到沙发凳上的时候，彼得·伊凡内奇突然想起伊凡·伊里奇当年装饰这间客厅时曾和他商量过，最后才决定用这种带绿叶的玫瑰红花布做窗帘和沙发套。

客厅里摆满了家具和杂物，当普拉斯柯菲雅·费多罗夫娜走过时，她那件黑斗篷的黑花边被雕花桌挂住了。彼得·伊凡内奇只得欠起身，打算帮她解开斗篷，破旧的沙发凳一摆脱负担，里面的弹簧便立刻蹦起来，直接往他身上弹了去。普拉斯柯菲雅·费多罗夫娜于是自己解开斗篷，彼得·伊凡内奇便又坐了下来，把跳动的弹簧重新压下去。不过普拉斯柯菲雅·费多罗夫娜还是没有把斗篷完全解开，彼得·伊凡内奇又欠起身，弹簧又往上蹦，还噔地响了一声。等这一切都过去了，普拉斯柯菲雅·费多罗夫娜拿出一块洁净的麻纱手绢，哭起来。斗篷钩住和沙发凳的弹簧蹦跳这些插曲让彼得·伊凡内奇冷静下来，他皱紧眉头坐在那里。就在这时，伊凡·伊里奇的男仆索科洛夫走进来，打破了这种尴尬的局面。他报告普拉斯柯菲雅·费多罗夫娜，她看中的那块坟地要价两百卢布。普拉斯柯菲雅·费多罗夫娜听了马上止住哭，可怜巴巴地望了一眼彼得·伊凡内奇，然后用法语说她的日子如何难过。彼得·伊凡内奇默默地做了个手势，表示他深信她说的是实话。

"您请抽烟。"她极其悲痛地说，然后又接着和索科洛夫谈坟地的价钱。

彼得·伊凡内奇一边吸烟，一边听她如何详细询问坟地的价格，最后决定买哪一块。坟地的事情告一段落，她又吩咐索科洛夫去请唱诗班。

索科洛夫走了。

"什么事情都需要我自己料理。"她对彼得·伊凡内奇说，说着她把桌上的照相簿挪到一边。这时，她发现烟灰快掉到桌上了，便连忙把烟灰碟推到彼得·伊凡内奇面前，继续说："如果说我悲伤得已经不能做事，那确实显得有点做作。相反，如今只有为他的后事多操点心，我才能感到些许安慰……至少可以排遣点内心的悲伤。"她说着掏出手绢，又要哭，但不知她又想起什么，突然勉强忍住，打起精神镇静地说："我有点事要跟您谈谈。"

彼得·伊凡内奇点点头，努力不让他身下不受控的沙发弹簧再蹦起来。

"最后几天他很难受。"

"非常难受吗？"彼得·伊凡内奇问。

"唉，太可怕了！他不停地叫嚷，不是几分钟，而是连着几个钟头。三天三夜啊，他就那么一直嚷个不停。实在叫人受不了。我真是不敢想象我是怎么熬过来的。隔着三道门都能听得见他的叫声。唉，我这是怎么熬过来的呀！"

"当时他神志还清醒吗？"彼得·伊凡内奇问。

"清醒，"她喃喃地说，"直到最后一分钟他都十分清醒。在临终前一刻钟他跟我们告了别，还让我们把伏洛嘉带开。"

彼得·伊凡内奇不禁回想起来，他多么熟识这个人啊，从前他是个快乐的孩子，小学生，后来成了他的同事，没想到到了最后他竟受到这样的折磨。尽管他觉得自己和这个女人此刻的表现都有点做作，但想到这一点，他的心里居然感到十分恐惧。他的眼前又浮现了那个前额和那个压住嘴唇的鼻子，想到这个场景他不禁有些不寒而栗。

"他忍受了三天三夜极度的痛苦，然后死去。这种情况也可能随时落到我的头上，"彼得·伊凡内奇想，刹那间他感到毛骨悚然。但是，他自己也不知怎么回事，一种常有的想法很快就使他镇静下来："这种事只有伊凡·伊里奇会碰上，我是绝对不会碰上的。这种事不应该也不可能落到我的头上。"想到这些，他心情很是低落，但施瓦尔茨分明向他做过暗示，他不该有这种心情。彼得·伊凡内奇思考了一下，终于镇静下来，他详细询问伊凡·伊里奇临终前的情况，仿佛这种不幸只会发生在伊凡·伊里奇身上，但绝对不会发生在他身上似的。

在聊了一通伊凡·伊里奇肉体上所受非人痛苦的情况以后，普拉斯柯菲雅·费多罗夫娜显然认为该转到正题上了。

"唉，彼得·伊凡内奇，他真是难受，真是太难受了，太难受了。"她说着又哭起来。

彼得·伊凡内奇不停地叹着气，见她擦去鼻涕眼泪，才说："真是想不到……"

接下来，她又滔滔不绝起来，说到了显然是她找他来的主要问题。她问他丈夫去世后该怎样向政府申请抚恤金。她看上去像是向彼得·伊凡内奇请教怎样领取赡养费的事情，不过他已经看出，丈夫去世她可以向政府申请多少钱，这事她已经了解得清清楚楚，甚至比他知道得还清楚。她如今请教他的目的不过是想知道。可不可以通过什么办法弄到更多的钱。彼得·伊凡内奇绞尽脑汁，倒是想到几种办法，但最后他只是出于礼节骂了一通政府的吝啬，说不可能弄到更多的钱了。听到这话，她叹了一口气，显然要摆脱这位来客。他自然领会到了这层意思，就按灭香烟，站起身，同她握了握手，向前厅走去。

餐厅里摆着伊凡·伊里奇从旧货店买来的大钟。在餐厅里，彼得·伊凡内奇遇见了神父和几个来参加丧事礼拜的客人，还看见一位熟识的美丽小姐，原本这是伊凡·伊里奇的女儿。此时，她一身黑衣装扮，她的腰身本来很苗条，如今似乎变得更苗条了。她的神情忧郁、冷淡，甚至还有点恼怒。她向彼得·伊凡内奇鞠躬，但她的那副神态看上去很是愤慨，仿佛彼得·伊凡内奇有什么过错似的。她的后面站着一个同样面带愠色的青年。彼得·伊凡内奇认识他，他是法院侦审官，家里倒是有些钱，而且听说是她的未婚夫。彼得·伊凡内奇面带悲伤地向他们点点头，正要往死人房间走去，这时楼梯下出现了彼得·伊凡内奇的儿子，他正在中学念书。这孩子活脱就是年轻时的伊凡·伊里奇。彼得·伊凡内奇清楚地记得伊凡·伊里奇在法学院念书时就是这个模样。此时，这孩子眼睛里含着泪水，他一看见彼得·伊凡内奇，就皱起眉头，神情忧郁而害臊。彼得·伊凡内奇向他点点头，走进灵堂。

丧事礼拜正式开始了：又是蜡烛，又是呻吟，又是神香，又是眼泪，又是啜泣。彼得·伊凡内奇皱紧眉头站在那里，一双眼睛死死盯着自己的双脚。他一眼也不看死人，直到礼拜结束他的心情都没有被悲伤气氛所影响，并且他还第一个走出灵堂。前厅里一个人也没有。充当餐厅侍仆的庄稼汉盖拉西姆从灵堂奔出来，用他强壮的手臂在一排外套中间努力翻寻了好一会儿，终于把彼得·伊凡内奇的外套找出来，递给他。

"嗯，盖拉西姆老弟，你怎么说呢？"彼得·伊凡内奇原本想说句话应酬一下，"哎哟，可怜不可怜哪？"

"这是上帝的意思！所有人都要到那里去的。"盖拉西姆这么回答道，一排洁白整齐的庄稼汉的牙齿在彼得·伊凡内奇眼前晃了晃，接着他猛地推开门，大声呼喊马车夫，把彼得·伊凡内奇送上车，又奔回台阶上，那样子就像是在考虑还有些什么事要做。

在闻过神香、尸体和石碳酸的臭味以后，彼得·伊凡内奇终于爽快地吸了一大口新鲜空气。

"您去哪儿，老爷？"马车夫问。

"现在还不晚。还可以到费多尔·瓦西里耶维奇家去一下。"

彼得·伊凡内奇这样想着就去了。果然，待他到时，第一局牌刚结束，于是他就很自然地成了第五名赌客。

二

说起来，伊凡·伊里奇的身世很普通、很简单但又极为可怕。

他是个法官，去世时只有四十五岁。他的父亲是彼得堡的一名官员，曾在好几个政府机关任职，虽然没有胜任某些要职，但凭着他的资格和身份，他在官场上也是如鱼得水，因此总能弄到一些只有虚名的官职和六千到一万卢布的年俸，并且这种生活一直伴随到他的晚年。

不错，伊凡·伊里奇的父亲伊里亚·叶斐莫维奇·高洛文就是这样一个多余机关里的多余的三等文官。

伊里亚·叶斐莫维奇·高洛文有三个儿子。伊凡·伊里奇排行第二。老大像他父亲一样官运亨通，不过在另一个机关，马上也快到领干薪的年龄了。老三呢，最没有出息。他在几个地方都败坏了名声，如今在铁路上谋了个职位。不管是父亲也好，两位哥哥也好，特别是两位嫂子，不仅很不情愿和他见面，而且不到万不得已之时，他们压根不想承认这个弟弟。姐姐嫁给了格列夫男爵，和他的岳父一样，他也是彼得堡的官员。在这个大家庭里，伊凡·伊里奇是所谓的佼佼者。他既不像老大那样冷淡古板，也不像老三那样放荡不羁。他介于他们之间：聪明、活泼、乐观、文雅。他和弟弟一起在法学院念过书。只不过弟弟没有毕业，念到五年级就被学校开除了；而伊凡·伊里奇则毕了业，而且成绩十分优异。在法学院的时候，伊凡·伊里奇就显示了后来终生具备的特点：能干、乐观、稳重、随和，但又能严格履行自认为应尽的责任，只不过他心目中的责任就是那些达官贵人所公认的职责。

伊凡·伊里奇从小就不会巴结拍马，成年后对于阿谀奉承更是不屑。但不知什么原因，从青年时代起他就变了个人似的，像飞蛾扑火那样追随所谓的上层人士，模仿他们的一举一动，接受他们的人生观，而且还同他们交朋友。童年时代和少年时代的热情在他身上消失得无影无踪。从那时候起，他开始迷恋声色，追逐功名，最后竟然到了自由放纵的地步。不过，他的本性还能使他保有一定的底线，不至于过分逾越常规。

在法学院的时候，他认为自己的有些行为很卑劣，因此很嫌恶自己。但后来看到地位比他高的人都在那样干，并且还不以此为耻，他也就不以为然，不再把它们放在心上，即使想到也无动于衷。

在法学院毕业，伊凡·伊里奇获得了十等文官官衔，之后他从父亲手里领到治装费，在著名的沙尔玛裁缝铺里定制了服装。他在表坠上挂一块《高瞻远瞩》的纪念章，向导师和任校董的亲王辞了行，和同学们在唐农大饭店欢宴话别后，便带着从最高级商店买来的时式手提箱、衬衣、西服、剃刀、梳妆用品和旅行毛毯等，走马上任当了省长特派员。而他的这个官职就是他父亲替他谋得的。

到了外省，伊凡·伊里奇很快就像在法学院那样过得风生水起。他奉公守法，兢兢业业，生活得欢快而又体面。他有时奉命到各县视察，待人接物稳重得体，对上待下处理得也很融洽，他不贪赃枉法，而且总能圆满完成上司交下的差事。他的主要职责就是处理好分裂派教徒事件。

从表面上看，他虽然年轻放荡，但处理公务方面却格外审慎，甚至可以说是铁面无私；在社交应酬中，他活泼风趣而又礼数周到，一如他的上司和上司太太——他是他们家的常客——称赞他的那样，他确实是个好青年。

　　省里有一位风流法学家，这位风流法学家的太太看上了伊凡·伊里奇，并死缠着他，久而久之两人便有了暧昧关系。此外，他还同一个女裁缝私通；有时他也和巡察的副官们狂饮欢宴，酒足饭饱后还去花街柳巷寻欢作乐。他对上级长官阿谀奉迎，甚至对长官夫人也是如此，只不过他的手法高明，总是让人无懈可击，所以从未引起非议，人家至多也就说一句法国谚语：年轻时放荡在所难免。这一切他都干得体体面面，嘴里说的又是法国话，主要则是因为他跻身在最上层，容易博得达官显贵的青睐。

　　就这样，伊凡·伊里奇干了五年。接着他的工作调动了，因为成立了新的司法机关，需要新的官员。

　　于是，伊凡·伊里奇调任新职。

　　伊凡·伊里奇被推荐到法院担任侦讯官的职务，他接受了，虽然这位置在另一个省里，这意味着他要为此放弃原有的各种关系，另起炉灶，重新结交朋友。临行之时，朋友们给伊凡·伊里奇饯行，和他一起拍照留念，还赠给他一个银烟盒留念。之后，他就走马上任去了。

　　任职法院侦讯官后，伊凡·伊里奇同样循规蹈矩，公私分明，并且像做特派员一样受到大家的普遍尊敬。对伊凡·伊里奇而言，侦讯官的工作要比原来的工作有趣得多，也迷人得多。以前的工作让他感到比较得意的是，他可以身穿做工考究的文官制服，从那些战战兢兢等待接见的来访者和对他羡慕不止的官员们面前，昂首阔步地走过去，一直走进长官办公室，并且还可以跟长官一起喝茶吸烟；只是那时直接听命于他的人，只有县警察局长和分裂派教徒，而且每每当他奉命出差的时候。他对待他们总是客客气气，如此可以让他们感到，他尽管操着生杀大权，却依旧平易近人，没有一点儿的高姿态。

当然，那个时候，这样直接听命于他的人总是有限的。如今他当上了法院侦讯官，自然也明白就连达官贵人的命运也都操控在他手里。他只要在公文上批上那么几句，不论哪个厉害的角色都将成为被告或证人来到他面前，并且还得站着回答他所提出的问题，前提是如果他不请他坐下的话。不过，伊凡·伊里奇从不滥用权力，相反他总是不露锋芒，于是，这种权力的意识和适当用权的技术，成了他担任新职后最感兴趣的事。

对于这个新职位，也就是审查工作，伊凡·伊里奇很快就掌握一种本领，他能排除一切与本案无关的情节，使各种错综复杂的案情在公文上表现得简单明了，不带丝毫个人意见，完全符合公文要求。这是一项新的工作，而伊凡·伊里奇则属于第一批执行 1864 年新法典的人。

　　自从在新地方就任法院侦讯官以来，伊凡·伊里奇结交了一批新朋友，建立了一些新关系，获得了新的社会地位，并多少采取了新作风。他在省里同政府保持一定距离，却周旋于司法界头面人物和豪门巨富之间，对当局稍表不满，发表温和的自由主义言论和开明观点。此外，伊凡·伊里奇就任新职后仍旧讲究服饰，注意仪表，只是不再刮去下巴上的胡子而听其自然生长。

　　伊凡·伊里奇在新地方过得很愉快。他跟一批反对省长的人关系很好，薪俸比以前优厚；他逢场作戏，打打纸牌，以增添乐趣。他头脑聪敏，很会打牌，因此常常赢钱。

　　伊凡·伊里奇在新地方任职两年后遇见了后来成为他妻子的普拉斯柯菲雅·费多罗夫娜·米海尔。她是伊凡·伊里奇出入的圈子里最迷人最伶俐最出色的姑娘。伊凡·伊里奇在公事之暇，找点消遣，其中包括同普拉斯柯菲雅·费多罗夫娜戏谑调情。

　　伊凡·伊里奇任特派员时常常跳舞，但当上侦讯官后就难得跳了。如今他跳舞只是为了要显示，尽管他身为侦讯官和五等文官，跳舞水平可绝不比别人差。这样，有时晚会将近结束，他就请普拉斯柯菲雅·费多罗夫娜一起跳舞，主要借这种机会去征服普拉斯柯菲雅·费多罗夫娜的心。她爱上了他。伊凡·伊里奇并没有明确想到要结婚，但既然人家姑娘爱上了他，他就问自己："是啊，那么何不就结婚呢？"

普拉斯柯菲雅·费多罗夫娜出身望族，长得不错，而且小有家产。伊凡·伊里奇可以指望找到一个更出色的配偶，但这个配偶也不错。伊凡·伊里奇自己有薪俸收入，他希望她也有同样多的进款。她出身名门，生得又温柔美丽，很有教养。说伊凡·伊里奇同她结婚，是因为爱上这位小姐，并且发觉她的人生观同他一致，那不符合事实。说他结婚，是因为在他的圈子里大家都赞成这门婚事，那同样不符合事实。伊凡·伊里奇结婚是出于双重考虑：娶这样一位妻子是幸福的，而达官贵人们又都赞成这门亲事。

伊凡·伊里奇就这样结了婚。

在准备结婚和婚后初期，夫妻恩爱，妻子尚未怀孕，再加上崭新的家具，崭新的餐具，崭新的衣服，日子过得很美满。伊凡·伊里奇认为他原来的生活轻松愉快而又高尚体面，并且受到上流社会的赞许，如今结婚不仅不会损害这种生活，而且使它更加美满。但在妻子怀孕几个月后，出现了一种痛苦难堪而有失体统的新局面，那是他万万没有料到的，而且怎么也无法摆脱。

伊凡·伊里奇认为妻子完全出于任性，破坏快乐体面的生活，莫名其妙地动辄猜疑，要求他更加体贴她。不论什么事她都横加挑剔，动不动就对他大吵大闹。

起初伊凡·伊里奇想继续用快乐体面的人生态度来排除烦恼。他不管妻子的情绪，照旧高高兴兴地过日子：请朋友到家里来打牌，自己上俱乐部或者到朋友家串门子。可是有一次妻子气势汹汹对他破口大骂。这以后只要他稍不顺她的意，她就把他臭骂一顿，显然非把他制服不可，也就是说要他安守在家里，并且像她一样唉声叹气，无病呻吟，这使伊凡·伊里奇感到心惊胆战。他懂得了，夫妇生活，至少是他同妻子的生活，并不能始终维持快乐和体面，相反，常常会损害这样的气氛，因此必须设法防范。伊凡·伊里奇借口公务繁忙，来对付普拉斯柯菲雅·费多罗夫娜。他发现这种办法很有效，因此常用它来保卫自己的独立天地。

孩子生后，喂养很费事，常常发生这样那样的麻烦，不是婴儿害病就是做母亲的害病，有时是真病，有时是假病。不管怎样，伊凡·伊里奇都得照顾，尽管他对这些事一窍不通。而伊凡·伊里奇保卫自己独立天地、不受家庭干扰的欲望却越来越强烈。

妻子的脾气越来越暴躁，要求越来越苛刻，伊凡·伊里奇也越来越把生活的重心转移到公务上。他更加喜爱官职，醉心功名。

不久，在结婚一年后，伊凡·伊里奇懂得了，夫妇生活虽然也有一些好处，但却是一种很复杂很痛苦的事。而要尽到自己的责任，过一种受社会赞许的体面生活，必须像做官一样建立适当的关系。

伊凡·伊里奇就给自己建立了这样的夫妇关系。他对家庭生活的要求，只是能吃到家常便饭，生活上有照料和过床第生活，而这些都是她能向他提供的。他主要的要求是维持社会所公认的体面的夫妇关系。此外，他就自寻欢乐，获得了欢乐也就心满意足。要是家里遇到不愉快，他就立刻逃到公务活动的独立天地里去，并在那里自得其乐。

伊凡·伊里奇当侦讯官，声誉显赫，三年后就升任副检察官。新的官职、重要的地位、控诉和拘捕任何人的权力、当众的演说、辉煌的功绩——这一切使伊凡·伊里奇更加官迷心窍。

孩子一个个生下来。妻子变得越来越乖戾，越来越易怒，但伊凡·伊里奇确立的家庭关系几乎不受妻子脾气的影响。

伊凡·伊里奇在这个城市里任职七年，接着被调到另一个省里当检察官。他们搬了家，手头的钱不多，妻子又不喜欢那新地方。薪俸尽管比原来多，但生活程度高，再说又死了两个孩子，因此伊凡·伊里奇就感到家庭生活比以前更乏味了。

普拉斯柯菲雅·费多罗夫娜搬到新地方后，不论遇到什么麻烦，总要责怪丈夫。夫妇间不论谈什么事，尤其是谈教育孩子问题，总会联想到以前的不和，引起新的争吵。夫妇俩如今难得有恩爱的时刻，即使有，也是很短暂的。他们在爱情的小岛上临时停泊一下，不久又会掉进互相敌视的汪洋大海，彼此冷若冰霜。要是伊凡·伊里奇认为家庭生活不该如此，他准会对这种冷漠感到伤心，不过他不仅认为这样的局面是正常的，而且正是他所企求的。他的目标就是要尽量摆脱家庭生活的烦恼，而表面上又要装得若无其事，保持体面。为了达到这一目的，他尽量少同家人待在一起，如果不得已必须这样做，也总是竭力找有旁人在场的机会。不过，伊凡·伊里奇这样过日子，主要靠的是他有公务。他把全部生活乐趣都集中在官场的天地里。而这种乐趣支配了他的整个身心。意识到自己的权力，对任何人都操有生杀大权，每次走进法庭和遇到下属时那种威风凛凛的气派（即使只是表面的），在上司与下属之间周旋的本领，尤其是自觉高明的办事能力——这一切都使他扬扬得意，再加上跟同事们谈天、宴会和打牌，他的生活就显得很充实。总之，伊凡·伊里奇的生活过得合乎他的愿望：快乐而体面。

就这样他又过了七年。大女儿已经十六岁，另外又死了一个孩子，只剩下一个男孩在中学念书。这个孩子是引起夫妇争吵的一大因素。伊凡·伊里奇要送他读法学院，而普拉斯柯菲雅·费多罗夫娜却偏把他送进普通中学。女儿在家里学习，成绩良好；儿子学得也不错。

三

结婚后的十七年里，伊凡·伊里奇一直做着检察官的工作，从一个年轻检察官变成了一个老检察官。他一心想找个更称心如意的职位，为此不惜几次推辞工作上的调动，却不料因为一件不愉快的事，打破了他原本安宁的生活。原来是伊凡·伊里奇一心想要谋取的大学城首席法官的位置，被戈佩捷足先登了。这件事让伊凡·伊里奇非常生气，怒气冲冲地跑去质问戈佩，和戈佩吵了起来，甚至还冒犯了顶头上司，从此他在单位就受了冷遇，也丧失了下一次任命的机会。

1880 年可以说是伊凡·伊里奇一生中最倒霉的年头

了——在生活上入不敷出，在人际关系上又被人家遗忘。他觉得他受到了不公平的对待，但其他人却认为对他已是仁至义尽，就连他的父亲都放弃帮助他了。他感觉他被所有人抛弃了，别人都认为他的生活十分幸福，因为他有一份三千五百卢布年俸的工作。在外面被别人这么不公平的对待，在家里经常被妻子责骂，家里的经济状况也入不敷出，开始负债，这种情况当然是不正常的，但似乎只有他一个人意识到了这一点。

在这一年夏天，为了节省开支，伊凡·伊里奇同妻子一起去了乡下的内弟家度假。

在乡下无所事事的日子，第一次让伊凡·伊里奇觉得无聊，觉得十分愁闷。他觉得不能再这样下去了，必须做点什么来改变现状。

伊凡·伊里奇愁得睡不着，整个晚上都在露台上踱来踱去，最终决定上彼得堡奔走一番，争取调到其他部门工作，借此惩罚那些不懂得赏识他才能的人。

第二天早晨，他不顾妻子和内弟的劝阻，坐上了去彼得堡的火车。

他此行的目标只有一个，那就是弄到一个年俸五千卢布的职位，不论是哪个机关，也不论是哪个派别和哪种工作。他要的只是一个职位，年俸五千卢布的职位，不论政府机关、银行、铁路、玛丽皇后御用机关，甚至海关都行，但一定要有五千卢布收入，这样他才敢离开那个不懂得赏识他才能的机关。

此次出行，伊凡·伊里奇意外获得了一个消息。在库尔斯克火车站，头等车厢里上来一个他的熟人——伊林。伊林告诉他，库尔斯克省刚接到一封电报，宣布部里最近人事上将进行重大变动，伊凡谢苗内奇将接任彼得·伊凡内奇的位置。

这次调动，不只会对国家产生一定影响，对伊凡·伊里奇更是有着非凡的意义，因为这次调动起用了新人彼得彼得罗维奇和他的朋友扎哈尔伊凡内奇。扎哈尔伊凡内奇是伊凡·伊里奇的同学，又是他的好朋友，这对他可以说极其有利。

到了莫斯科，这个消息被证实了。到了彼得堡后，伊凡·伊里奇赶紧找到了扎哈尔伊凡内奇，后者答应帮他在原来的司法部里谋一个好差事。

一星期后，他发了一封电报给妻子。

"扎哈尔接替米勒，我只要申请就能升职。"

通过这次人事调动，伊凡·伊里奇在他原来的部门里获得意外任命：比同事高两级，年俸五千，另有三千五百的调差费。伊凡·伊里奇感觉自己对原来的对头和整个机关的怨气一下子就消除了，心里十分得意。

伊凡·伊里奇一扫愁容，兴高采烈地回到了乡下。他好久没有这样高兴了。妻子普拉斯柯菲雅·费多罗夫娜也十分高兴，夫妇俩又和好如初了。伊凡·伊里奇大讲特讲他在彼得堡时众人如何争相祝贺他，原来的对头如何羡慕他的地位，如何厚着脸皮巴结他，尤其喜欢讲他在彼得堡时人们如何尊敬他。

普拉斯柯菲雅·费多罗夫娜装出一脸信服的样子，安静地听着丈夫讲话，心里却盘算着如何安排在新地方的生活。看到妻子的想法和他的想法不谋而合，伊凡·伊里奇十分高兴，因为他们的生活在经历一段时间的坎坷后，终于又变得快乐而体面了。

伊凡·伊里奇在家的时间只有几天，因为九月十日他就得走马上任。在这几天的时间里，他不仅得在新地方安顿下来，把家具什物从省里运过去，还要添置和定做许多新东西。总之，他必须在和妻子达成一致的情况下布置好新居。

他和妻子意气相投，因此一切都进行得十分顺利。其实他们俩婚后在一起生活的时间很少，像现在这样的默契，还只在两人婚后头几年有过。伊凡·伊里奇想携家眷一同出发，可是姐姐和姐夫突然对伊凡·伊里奇一家变得十分亲热，搞得伊凡·伊里奇只好独自先行。

尽管伊凡·伊里奇一个人出发了，但事业上一帆风顺，同妻子和好如初，这两件事互为因果，使他心情十分愉快。很快，他就找到一座恰合夫妇俩心意的精美住宅：老式客厅高大宽敞，书房豪华舒适，妻子的房间、女儿的房间、儿子的书房应有尽有，一切都像是为他们特意设计的一样。在房间的布置上，伊凡·伊里奇更是亲力亲为：选择墙纸，添置家具——去旧货店挑选式样特别古雅的家具，定制沙发套和窗帘。按照他的设想，房子布置得越来越漂亮。在房子布置到一半时，他就发觉比他希望的更美。他相信，房子布置完工后，将更加富丽堂皇，绝不会有一丝一毫庸俗的气息。入睡前，他想象前厅的模样。尽管客厅还没有布置好的，但他却仿佛看到壁炉、屏风、古董架、散放着的小椅子、墙上安放得井井有条的挂盘和铜器。他想到在这方面跟他有同样爱好的妻子和女儿，看到这种排场时那大吃一惊的样子，不由得暗暗高兴。她们肯定没有料到会有这样的气派。而最让他得意的，是他买到了一些价廉物美的古董，它们让整座房子显得格外豪华。他故意在信里把情况说得差一些，这样她们看到一切时就会更加惊讶。他沉醉在装饰新居的快乐中，就连心爱的公务都抛到了一边。有时法院开庭，他也是一副心不在焉的样子，因为他满脑子想的都是窗帘顶檐的事——用直的还是拱的。他兴致勃勃地做着一切，亲自动手安放家具，挂上新的窗帘。有一次，看到笨手笨脚的沙发裁缝怎么也挂不好窗帘，他自己就爬到梯子上去亲自指点，结果一不留神从梯子上掉了下来，幸而他有一副强壮而灵活的身体，立刻站住了，但腰部还是撞在了窗框上。撞伤处痛了一阵子，就好了，不过还有点淤青。在这段时间里，伊凡·伊里奇感觉从未有过的快乐和健康活力。他写信给妻子说："我感觉自己仿佛年轻了十五岁。"他原来预计九月底能布置好房子，结果拖到十月半才完工。不过，不只他自己那么认为，所有看过房子的人也夸赞——房子布置得十分雅致。

其实，房子里的摆设也就是普通的小康之家的气派——不太富裕、却一味模仿富贵人家：千篇一律的花缎布艺品、红木家具、地毯、盆花、古铜器、发亮的铜器，等等。这些东西，一向是一定阶级的人用来显示他们身份的东西。伊凡·伊里奇家里的摆设也是如此，因此并不引人注意，但他却引以为傲，自认为与众不同。他把家眷从车站接回来后，带着他们来到他精心布置的新居里。系白领带的男仆为他们打开摆满鲜花的前厅，家眷们走进客厅、书房，

发出一阵阵欢呼声。他领着他们参观房子的各个角落，得
意洋洋地听着他们的惊叹和称赞声，感觉自己整个人都容
光焕发，幸福感十足。到了晚上喝茶的时候，普拉斯柯菲
雅·费多罗夫娜随口问起了他从梯子上摔下来的事，他就
笑着做给他们看——他怎样从梯子上掉下来，怎样把沙发
裁缝吓坏了。

"还好我练过体操。要是别人，肯定会摔坏的，可我只
是撞了这儿一下，摸着会有点疼，还有点青肿，不过现在
已经好多了。"

就这样，他们开始了在新居的生活，并且也像大多数
人搬到新家一样，总觉得房间不够用，尽管收入增加了，
但钱还是不够用——总少这么五百卢布。不过总的来说，
他们对新生活还是十分满意的。一开始他们的生活特别融
洽，尽管房子还没有完全布置好，夫妇俩偶尔会有意见分
歧——需要再买些什么，定制些什么，哪些东西需要搬动，
哪些东西需要调整，但两人对新的生活都很满意，而且要
做的事实在太多，因此没有发生大的争吵。当一切都安排
妥当后，他们略微感到有些空虚，但当时他们忙着结交一
批新朋友，培养新的生活习惯，因此生活还算充实。

每天上午，伊凡·伊里奇在法院办公，下午回家吃饭，

刚开始的一段时间他情绪很好，尽管有时也会为房子的事发愁。（比如，他发现桌布或沙发面子被弄脏，窗帘系带断了，他心里就又难过又生气，因为这些东西都是煞费苦心置办的。）不过，这还是伊凡·伊里奇理想的生活：轻松、愉快而体面。每天早晨九时，他准时起床，喝咖啡，看报，然后穿上制服，去法院上班。一到那儿，他就套上了早已准备好的"轭"：接见来访者，处理诉讼有关的问题，主持诉讼案件，出席公开庭和预备庭。为了避免妨碍诉讼程序，他必须排除各种外来干预，同时严禁徇私枉法，做到严格依法办事。要是有人想探听某些事，但这事不归伊凡·伊里奇主管，他就不能同这人有任何来往，但要是这人手持写明事由的正式公文找到他，他就会在法律许可的范围尽力去办，并且办得合情合理。但只要公事一结束，其他关系也就结束了。在法律和人情的区分上，伊凡·伊里奇可谓个中高手，而且凭着天赋的才能和长期的经验，有时也能轻松混淆法律和人情。他之所以敢这样做，那是因为他对自己区分两者界限的能力十分自信。办起这种事来，伊凡·伊里奇可说是得心应手。在休庭时，他喜欢一边吸烟、喝茶，一边和人随便谈谈政治、社会新闻和纸牌这类的话题，他最喜欢谈的还是官场中的任命。然后，他就像一个出色完成演奏的第一小提琴手，拖着疲惫的身体乘车回家。回家后，他会发现：妻子和女儿有时出去了，有时在接待客人；儿子有时上学还没回来，有时在跟补课教师复习功课，一切都显得井井有条。饭后，如果没有客人，伊凡·伊里奇就看些当时流行的书籍。晚上是他处理公事的时间：批阅文件，查看法典，核对证词。做这些事的时候，他既不觉得无聊，但也不觉得有趣。要是有人陪着打牌，他就会觉得处理公事很无聊；要是没人陪着打牌，那他就宁愿处理公事，也不愿意独自闲坐或者跟妻子面面相对。伊凡·伊里奇喜欢举行便宴，邀请有权有势的先生夫人参加。这种消遣没什么特别的，就像他家的客厅也没什么特别的一样。

他们还在家里举行过一次舞会。舞会办得相当不错，这让伊凡·伊里奇十分高兴，可惜最后为蛋糕糖果的事，他同妻子大吵了一架。普拉斯柯菲雅·费多罗夫娜自有打算，但伊凡·伊里奇坚持要到最高级糖果铺买糕点，结果蛋糕买了太多吃不完，而糖果铺的账却高达四十五卢布，从而引发了夫妻俩的争吵。两人争吵得很厉害，弄的彼此很不愉快。普拉斯柯菲雅·费多罗夫娜骂他："傻瓜，低能。"气得伊凡·伊里奇双手抱住脑袋，恨恨地说要离婚。不过，舞会本身还是很成功的，前来参加的人都是社会名流。伊凡·伊里奇同特鲁峰诺娃公爵夫人跳舞，而特鲁峰诺娃公爵夫人的姐姐就是著名的"消灭苦难会"的创办人。满足自尊心就是人们身居要职的乐趣，满足虚荣心就是人们进行社会活动的乐趣，但对于伊凡·伊里奇，他最大的乐趣还是打牌。他认为，无论生活上遇到什么烦恼，那像蜡烛一样驱除黑暗的最大乐趣，就是同几个规规矩矩的好搭档坐在一起打牌，而且一定要四人一起打（五人一起打就很难有结果，虽然得装出兴致勃勃的样子），认认真真地打（要是顺手的话），然后吃点夜宵，喝上一大杯葡萄酒。打完牌后就睡觉，最好是稍微赢一点钱（赢得太多也不好），伊凡·伊里奇就会觉得心情特别愉快。

这就是他们的生活。来他们家的客人都是达官贵人，有的地位显赫，有的年少英俊。

女儿待人的态度和父母完全一致。对于那些满脸堆笑、投奔到他们那间墙上装饰着日本盘子的客厅来的潦倒亲友，他们都冷眼相待，加以排斥。久而久之，那些寒酸的亲友就不再上门，他们家的来客就只有达官贵人了。丽莎成了年轻人争相追求的对象，其中包括彼特利歇夫。他是德米特里伊凡内奇彼特利歇夫的儿子，也是他财产的唯一继承人，是法院的侦讯官。看到他也在热烈地追求丽莎，伊凡·伊里奇甚至跟普拉斯柯菲雅·费多罗夫娜商量：要不要让他们俩一起坐三驾马车，或者举办一次堂会看看表演。一切看起来都称心如意，没有任何变化，这就是他们的生活。

四

家里每个人的身体都很健康。除了伊凡·伊里奇，他有时说，他嘴里有一种怪味，左腹有点不舒服，但也不像生病的样子。

这种不舒服的感觉与日俱增，虽还没到疼痛的地步，但他经常感到腰部发涨，情绪也开始变得恶劣。他越来越坏的情绪，又影响了全家快乐而体面的生活。夫妻间的争吵越来越多，家庭里轻松愉快的气氛荡然无存，体面也不复存在。随着争吵的日益频繁，夫妻间相安无事的日子，就像汪洋大海里的小岛一样，少得可怜。

如今普拉斯柯菲雅·费多罗夫娜抱怨丈夫脾气坏，倒不是假话。她说话喜欢夸张，总是夸张地说，他的脾气从来都很坏，要不是她心地善良，根本不可能和他生活二十年。的确，现在争吵的发起者总是伊凡·伊里奇。每次吃饭，他都要发脾气，往往从吃汤开始。他一会儿发现碗碟有裂痕，一会儿批评饭菜烧得不合口味，一会儿责备儿子吃饭不该把臂肘搁在桌上，一会儿批评女儿的发式怪里怪气，而这一切的罪魁祸首总是普拉斯柯菲雅·费多罗夫娜。一开始，普拉斯柯菲雅·费多罗夫娜还会回敬他几句，但当她发现有两三次他一开始吃饭就勃然大怒后，她明白了，这是一种由进食而引起的病态行为，就努力克制自己不去还嘴，只是催促他赶紧吃饭。在普拉斯柯菲雅·费多罗夫娜看来，自己的忍让真是一种值得称道的美德。她认定丈夫的坏脾气给她的生活带来了不幸。她开始可怜自己。而她越是可怜自己，就越是憎恨丈夫。她甚至巴不得他早点死，但又觉得自己不该这么想，因为他一死就没有薪俸了。一想到这点，她反而更加憎恨他。她认为自己真是太不幸了，因为就连他的死都无法拯救她。她变得也很容易发脾气，但又不得不在他面前强忍着，这样反而让他的脾气变得更坏。

有一次，夫妻俩又吵了起来，伊凡·伊里奇变得特别不可理喻。事后他解释说，因为生病，他确实变得脾气暴躁了。普拉斯柯菲雅·费多罗夫娜就对他说，有病就要治疗，要他去找一位名医看看。

他乘车去了。一切都和他预料的一样，一切都照章办理。在长久的等待后，他见到了医生，医生装出一副煞有介事的样子——这种样子他很熟悉，他在法庭上就是这个样子——又是叩诊，又是听诊，又是问各种没必要问的多余问题，那种威风凛凛的神气仿佛在说："如今你落到我手里，就得任我摆布。我清楚该怎么办，对付每个病人都是这样的。"一切都同法庭上一样——他在法庭上怎样对待被告那样，医生就怎样对待他。

医生说，您有这样的症状，说明您有这样的病，但如果化验证明不了您有这种病，那就只能假定您有这种病。如果假定您有这种病，那么……

只是，现在的伊凡·伊里奇只关心一个问题：他的病有没有危险？但医生对此避而不谈。在医生看来，这问题没有讨论的必要，他只能根据存在的问题估计一下可能性：是游走肾，还是慢性盲肠炎。医生不关心伊凡·伊里奇的生死问题，只注重游走肾和盲肠炎之间的争执。在伊凡·伊里奇看来，医生已确诊是盲肠炎，却又保留说，等小便化验结果出来后，再做进一步诊断。这一切，就多么像伊凡·伊里奇在法庭上对宣布被告罪状时那振振有词的样子。医生也是那副得意扬扬的神气，甚至从眼镜上方瞧了一眼"被告"，振振有词地做了结论。伊凡·伊里奇认为，医生的结论表明他的情况十分严重，这对医生或其他人都无关紧要，可是对他却非同小可。伊凡·伊里奇是被这个结论深深地打击到了，他觉得自己真是太可怜了，同时十分憎恨医生，因为他遇到如此严重的病情却无动于衷。

不过这些话他没有说出来，只是站起来，把钱往桌上一放，叹了一口气说：

"或许有些问题我们病人不该问，"他说，"一般说来，这病会不会有危险？"

医生用一只眼睛从眼镜上方狠狠地瞪了他一下，仿佛在说：被告，你要是再说出不合规定的话，我就要让人把你带出法庭了。

"我该说的话都说完了，"医生说，"其他的，化验结果出来才知道。"

伊凡·伊里奇从诊所慢慢走出来，垂头丧气地坐上了回家的雪橇。一路上，他反复思索医生的话，努力想把难懂的医学用语翻译成普通的话，以便从中找出问题的答案："我的病严重？十分严重？还是不要紧？"他觉得医生说的每一个字，都表示他的病情严重。一想到这个，伊凡·伊里奇就觉得街上的一切变得阴郁了：马车夫、房子、小铺子、路上行人都是阴郁的。他身上的疼痛一直持续着，听完医生模棱两可的话就觉得更疼了，这让伊凡·伊里奇的心情更加沉重。

回到家后，他把看病的经过讲给妻子听，妻子则默默地听着。他讲到一半，女儿戴着帽子进来，她打算同母亲一起出去。女儿很勉强坐下来，听他讲这无聊的事，但很快她就听得不耐烦了，妻子也开口打断了他的话。

"哦，我很高兴，"妻子说，"你以后一定要按时吃药。给我药方，我叫盖拉西姆到药房去抓药。"说完她就起身去换衣服了。

妻子在屋子里时，他大气都不敢喘，等她出门了，才重重地叹了一口气。

"好吧，"伊凡·伊里奇说，"也许真的还不要紧……"

他谨遵医嘱，按时服药，养病。小便检验结果出来后，医生又修改了药方。不过，小便化验结果和临床症状之间有些对应不上。不知怎的，实际情况与医生说的不符。可能是医生疏忽了，可能是撒谎，可能有什么事瞒着他。不过伊凡·伊里奇还是遵从医嘱养病，刚开始心里感到安慰。

伊凡·伊里奇努力遵从医嘱：讲卫生，服药，注意疼痛和大小便。疾病和健康是他如今最关心的事。一听到别人谈到病人、死亡、复原，尤其是谈到和他类似的病情，他表面上十分镇定，其实在全神贯注地听着，有时提些问题，把自己的病同听到的情况做比较。

疼痛没有缓解，但伊凡·伊里奇强迫自己认为情况有所好转。如果没有遇到惹他生气的事，他还能自我欺骗。要是他在公务上不顺利，或是同妻子发生争吵，或是打牌输钱，他立刻就会感到病情严重。以前遇到挫折时，他总是怀着时来运转的期望，期望打牌顺手，期望获得大满贯，因此还能忍受。但现在每次遇到挫折，他都会陷入悲观绝望中，完全丧失了信心。他对自己说："唉，我的病情刚刚好转一点，药物才有点效果，就遇到这样的事，真是倒霉……"于是，他特别憎恨那些倒霉的事，特别憎恨那些给他带来不幸并要置他于死地的人。尽管他心里清楚，他的生命正遭受这种愤怒的危害，但他却没办法控制自己。尽管他明白，他这样怨天尤人只会加重病情，因此应该无视那些不愉快的事，但他的行为却与之相悖。他说，他需要安宁，并且特别警惕破坏安宁的事。只要别人稍稍破坏他的安宁，他就会暴跳如雷。他阅读大量医书，到处咨询医生，结果情况不仅没有好转，反而逐渐恶化。拿今天同昨天比较，似乎没什么差别，他还能勉强安慰自己，但一看过医生，就觉得病情在迅速恶化。即便如此，他还是经常向医生咨询。

这个月里，他又找了一位名医诊治。这位名医的话，说的和原来那位医生简直是一模一样，只不过问题的提法不同。向这位名医咨询后，伊凡·伊里奇只感到内心的疑虑和恐惧又增加了。另外有位也很出名的医生，是他朋友的朋友，对他的病情的诊断却完全不同。尽管那位医生保证他能康复，但他提出的问题和假设，却更增添了伊凡·

伊里奇的疑虑。一个提倡顺势疗法的医生对他的诊断又不一样，给他开了不同的药，伊凡·伊里奇偷偷地服了一个星期，可并没有什么效果。伊凡·伊里奇不只不再相信原来的疗法，对这种新疗法也丧失了信心，于是更加沮丧了。有一次，一位熟识的太太给他说起了圣像疗法。伊凡·伊里奇勉强听着，并信以为真，这让他十分恐惧。"难道我真的那样神经衰弱吗?"他自言自语。"废话! 这太荒唐了，这样胡思乱想可不行，应该选定一个医生，听他的话好好治疗。就这么办。这下子拿定主意了。我不再想东想西的，我要严格遵从这种疗法，坚持到夏天就会见效的。别再犹豫不决了!"可话说起来容易，做起来却很难。腰痛变本加厉地折磨着他，一刻也没有停止。他感到嘴里的味道越来越难受，一张嘴就散发出一股恶臭，胃口日益糟糕，身体也越发衰弱。他不得不承认: 他身体的状况已经空前严重了。只有他自己意识到了这点，身边的人谁也没注意到，或者不想知道。在他们看来，一切都没有改变，一切都很好很顺利。这让伊凡·伊里奇心里格外难受。他看到，他的妻子和女儿每天忙着参加社交活动，一点也没注意他的病情的恶化，还埋怨他脾气差，难以伺候，仿佛一切都是他的错。他看得出来，尽管她们嘴上没说，但她们已经视他为累赘，妻子对他的病已有定见，不管他说什么或做什么么，她的态度都不会改变。

"不瞒您说，"她对熟悉的朋友说，"伊凡·伊里奇也和一切老实人没两样，没办法完全遵从医嘱养病。今天他按医嘱服药，吃东西；明天我一不注意，他就不记得吃药，还吃鳇鱼（那是医生禁止的），而且坐下来打牌，一直打到半夜一点钟。"

"哼，什么时候有过这样的事？"伊凡·伊里奇恼怒地说，"我总共也就打过一次牌，在彼得·伊凡内奇家。"

"昨天，你不是还和谢贝克一起打牌吗？"

"反正我痛得没办法睡着……"

"不管怎么说，你这样病永远没办法好，还要折磨我们。"

无论是对人家还是对伊凡·伊里奇本人，普拉斯柯菲雅·费多罗夫娜向人家都说，他生病主要是他自己的问题，但却让她这个做妻子的受尽折磨。伊凡·伊里奇并不奇怪她有这样的看法，但心里总感到难受。

在法院里，伊凡·伊里奇也疑心别人对他抱着奇怪的态度：一会儿，人家认为他是一个即将腾出位置的人；一会儿，朋友们不怀恶意地嘲笑他神经过敏，因为他自认为他的精神正被一种神秘可怕的东西蚕食，硬拉他过去。朋友们觉得这很有趣，就拿来取笑他。尤其是看到施瓦尔茨装出一副彬彬有礼的样子，说着一些诙谐生动的话时，伊凡·伊里奇就会想起自己十年前的模样，因而格外愤怒。

几个朋友过来，大家一起坐下来打牌。他拿出一副新牌，洗牌，发牌。他把所有红方块叠在一起，共有七张。他的搭档说：没有王牌，给了他两张红方块。还期待什么呢？快乐，兴奋，得了大满贯。突然，伊凡·伊里奇又感觉到了身体的抽痛，还有嘴里那股难闻的味道。在这种情况下，他还能因为赢得大满贯而兴奋，实在太荒唐了。

他看着他的搭档米哈伊尔米哈伊洛维奇，看他厚实的手掌如何拍着桌子，客客气气地将一墩牌推给伊凡·伊里奇，使他一伸手就能享受赢牌的乐趣。"他是不是认为我已经虚弱得连手都伸不出去了？"伊凡·伊里奇想，忘记了王牌，还用更大的王牌去压搭档的牌，结果少了三墩牌，大满贯化为了泡影。最可怕的是，他看见米哈伊尔米哈伊洛维奇表情十分痛苦，却装出一副若无其事的样子。他怎么能装作什么事都没发生呢，光想到这一点就觉得可怕。

大家发觉他脸色不佳，对他说："您要是累了，我们就歇了。您休息一会儿吧。"休息？不，他觉得一点也不累，可以打完一圈牌。大家闷闷不乐，都沉默着。伊凡·伊里奇觉得他是害得大家不高兴的罪魁祸首，但又无法扭转这种气氛。晚饭后，客人们都相继告辞了。伊凡·伊里奇一个人待在家里，意识到疾病正毒害他的生命，对别人的生命造成了毒害，这种毒不仅没有减轻，反而越来越深地渗透到他的整个身体。

他躺在床上，常常抱着这样的想法，再加上肉体上的疼痛和内心的恐惧，折磨得他大半夜不能合眼。可是天一亮，他又得起来，穿好制服，乘车去法院，说话，批公文，要是待在家里不去上班，那么一天二十四小时，每个小时都会是痛苦的折磨。而且，在这样的生死边缘上，他只能一个人默默地忍受，没有人了解他的痛苦，也没有人可怜他的处境。

五

就这样，两个月过去了。临近新年时，他的内弟来到这个城市，住在他们家。那天，伊凡·伊里奇还没从法院回来。普拉斯柯菲雅·费多罗夫娜去街上买东西去了。伊凡·伊里奇回到家里，走进书房，看见体格强壮、脸色红润的内弟，正在打开手提箱。他听见伊凡·伊里奇的脚步声，抬起脑袋，默默地瞧了他一会儿。他惊讶的眼神说明伊凡·伊里奇出了问题。内弟大张着嘴，似乎马上就要叫出来，但他立刻忍住了。这个动作表明了一切。

"怎么，我的样子变了吗？"

"是的……变了一点。"

接着，无论伊凡·伊里奇怎样想让内弟再谈谈他的模样，内弟都避而不谈。一等普拉斯柯菲雅·费多罗夫娜回来，内弟就去到了她的屋里。伊凡·伊里奇锁上房门，对着镜子，看看自己的正面，又看看自己的侧面。他拿起自己同妻子的合影，拿它同镜子里的自己做着比较。他发现变化很大。他又卷起衣袖，把双臂露到肘部，仔细打量，然后放下袖子，坐在软榻上，脸色阴沉得吓人。

"别这样，别这样，"他对自己说，猛地站起身来，在写字台边坐下，打开卷宗，开始批阅公文，可他根本看不进去。他打开门，走到前厅。客厅的门关着。他踮着脚跟，轻轻地走到门边，侧着耳朵听。

"不，你说得太过了。"普拉斯柯菲雅·费多罗夫娜说。

"怎么过了？你没注意到，他已经像个死人了。你看看他的眼睛，黯淡无神。他怎么会弄成这样？"

"谁知道啊。尼古拉耶夫（一位医生）说是这样，可我不明白。列谢季茨基（就是名医）说的却又完全相反……"

伊凡·伊里奇轻轻地走回自己屋里，在床上躺下，想："肾，游走肾。"他回想起医生们对他说过的话——肾脏怎样离开原位而游走。他努力在想象中捕捉这个肾脏，阻止它游走，固定住它。这事看上去易如反掌。"不，我还是去咨询一下彼得·伊凡内奇（那个有医生朋友的朋友）。"他按响铃，吩咐车夫套车，准备出门。

"你要去哪儿，约翰？"妻子表现出一副异常忧愁和矫揉造作的贤惠模样，问他。

看到妻子脸上这种矫揉造作的贤惠神情，他很生气。他瞅了妻子一眼，脸色十分阴沉。

"我去找彼得·伊凡内奇。"

他找到这个有医生朋友的朋友，然后让朋友陪他去到医生家。他和医生谈了很久很久。

医生从解剖学和生理学的角度，对他的病进行了分析，他听得很明白。

　　盲肠里出现了点问题，一点小问题，会好的。只要让一个器官的功能变强一点，另一个器官的活动减少一点，多吸收一点，就会好的。吃饭时，他迟到了一会儿。饭后，他兴高采烈地谈了一通，心情久久难以平复。最后他回到书房，立刻开始工作。他批阅公文，处理公事，但心里总觉得有一件重要的事被耽误了。等他忙完公事，他才想起那件事就是盲肠的毛病。但他强作镇定，去到客厅喝茶。客厅里的几个客人正在说话，弹琴，唱歌。他中意的未来女婿、法院侦讯官就是其中一个。据普拉斯柯菲雅·费多罗夫娜说，伊凡·伊里奇那天晚上看起来最快活了，其实他一刻也没忘记自己盲肠的毛病。到了十一点钟，他告别众人，回到了自己屋里。自从生病后，他就一个人睡在书房里。他走进屋里，脱掉外套，拿起一本左拉的小说，但没有翻开看，而是想着心事。他想象盲肠的毛病被治愈了。通过吸收，排泄，功能恢复正常。"对了，事情就是那样，"他自言自语。"只要多加补养，身体就会好的。"他想到还没服药，支起身来，服完药，又仰面躺下，仔细感受药物如何治病，如何制止疼痛。"只要按时服药，避免不良影响就行；我现在就感觉好多了，好多了。"他按了按腰部，不疼了。"是的，不疼了，真的好多了。"他吹灭了蜡烛，侧着身子躺在床上……盲肠在逐渐恢复，逐渐吸收。突然那种熟悉的隐痛又来了，每分每秒都在痛，而且痛得特别厉害。嘴里那种恶臭味也又来了。他突然觉得心头发凉，头晕目眩。"天哪！天哪！"他喃喃自语。"又来了，又来了，再也好不了啦！"突然他觉得完全不是那么一回事。"哼，盲肠！肾脏！"他自言自语。"根本不是盲肠的问题，不是肾脏的问题，而是生和……死的问题。是啊，我拥有生命，可现在它在溜走，在溜走，可却没办法制止它。是啊！何必再骗自己呢？除了我自己，不是人人都很清楚我在垂死边缘了吗？问题只在于我还能活多久，几个礼拜，还是几天，还是马上就会死。光明已经完全被黑暗取代了。这一刻，我在这个世界，但很快就要离开！去哪儿呢？"他觉得全身冰凉，呼吸都静止了，只听见心脏扑扑跳动的声音。

"我要是没有了，还有什么呢？什么也没有了。我要是没有了，我将在哪儿呢？难道我真的要死了吗？不，我不想死。"他想点燃蜡烛，就猛地从床上跳起来，用颤动的双手摸索着。但蜡烛和烛台被碰翻，掉到了地上。他又心灰意冷地躺回枕头上。"何必呢？反正都一样，"黑暗中，他瞪着两只眼睛，自言自语。"死。是的，死。他们谁也不知道，谁也不想知道，谁也不可怜我。他们玩得可高兴了。（他听见远处传来喧闹和伴奏声。）他们好像没有那回事一样，可他们有一天也会死。都是蠢货！我先死，他们后死，他们不可能不死。可他们还乐呢。混蛋！"愤怒让他喘不过气来。他痛苦得受不了。难道谁都得受这样的罪吗！他坐起来。

"肯定有什么地方不对劲，我得稳定心神，从头到尾好好想一想。"他开始思索。"对了，病的发作是这样的。我最初是撞了一下腰部，但一两天后我也没什么问题。然后开始出现轻微的疼痛，后来疼得厉害了，后来找医生诊治，后来丧失了信心，愁得不行，后来换了个医生诊治，但还是没有阻止向深渊下坠的步伐。身体越来越虚弱，越来越接近……越来越接近……我的身体糟糕透了，我的眼睛黯淡无神。我快死了，可我还以为是盲肠的问题。我希望治好盲肠，却不知是死神来临了。难道我真的快死了吗?"一想到这点，他就吓得魂不附体，呼吸急促。他侧着身子，用臂肘撑住床几，伸手去摸索火柴。撑得久了，臂肘就有些发痛，他恼怒不已，更加用尽地撑着，结果把床几推倒了。他一下子陷入了绝望中，呼吸困难，只得又仰面倒下，恨不得立刻死去。

这时候，客人们纷纷告辞，普拉斯柯菲雅·费多罗夫娜——送他们离开。她听见有东西倒地的声音，就走了进来。

"出什么事了?"

"没事，我不小心撞倒了床几。"

她去外面取了一支蜡烛进来。他躺在床上，喘着粗气，好像刚跑完了几里路，眼神呆滞地望着她。

"出什么事了，约翰?"

"没……事。撞……倒了。"他回答，心里却想："没什么可说的。她根本不懂。"

她确实不懂。她把床几扶起来，给他把蜡烛点亮，就急忙走开了：还有客人等着她去送呢。

等她回来，他仍旧那样脸朝上躺着，两眼望着天花板。

"你怎么了，更难受了吗?"

"是的。"

她摇摇头，在床边坐下来。

"约翰，我看，要不我们请列歇季茨基到家里来吧?"

这话的意思，就是不惜金钱，请那位名医来出诊。他发出一声冷笑："不用了。"她坐了几分钟，走到他旁边，亲吻了一下他的前额。

她的嘴唇触碰到他的额头时，他打心底里憎恨她，拼命压抑那种想要推开她的冲动。

"晚安。愿上帝保佑，你能睡个好觉。"

"嗯。"

六

一想到自己快要死了，伊凡·伊里奇就陷入深深的绝望中。

他心里清楚，他离死不远了，但他实在无法理解这个念头，怎么也理解不了。

从基捷韦帖尔的逻辑学，他读到这样一种三段论法：盖尤斯是人，凡人终将死去，因此盖尤斯也终将死去。他一直认为这个例子只对盖尤斯适用，绝对不适用于他。盖尤斯是人，是个普通人，这个道理没有错；但他不是盖尤斯，不是个普通人，他永远与众不同，是个特殊人物。他最初是小伊凡，有妈妈、爸爸、两个兄弟——米嘉和伏洛嘉、妹妹卡嘉，有许多玩具、马车夫、保姆，还有儿童、少年和青年不同时期的悲欢离合。难道他小伊凡喜欢的那种花皮球的气味，盖尤斯也闻过吗？难道盖尤斯也像他一样亲吻过妈妈的手，听到过妈妈绸衣褶裥的声音吗？难道盖尤斯也会因为法学院里那些不好吃的点心而滋事吗？难道盖尤斯也像那样谈恋爱吗？难道盖尤斯主持审讯能和他一样吗？

盖尤斯确实终将死去，他死是正常的事，但我是小伊凡，是伊凡·伊里奇，我的思想感情和他完全不一样。我不该死，这真是一场噩梦。

这就是他的心情。

"我要是和盖尤斯一样死去，那我肯定能感觉到，内心肯定会有个声音告诉我，但我没有听见内心有这样的声音。我和我的朋友们都清楚，我跟盖尤斯截然不同。可是如今呢！"他自言自语。"这不可能、不应当发生的事，却偏偏发生了。到底哪里出了问题？这种状况该如何解释？"

他难以解释，只能尽力驱除这个想法，认为这个想法是虚假、错误和病态的，并且换上正确健康的想法。但这并非想象，而是现实，它活生生地摆在了他面前。

为了从脑海中挤走这个想法，他强迫自己去想其他的事，希望从中找到精神支柱。他尝试着用以前的那套思路来消弭死的念头。但奇怪的是，以前这种办法很管用，如今却失灵了。最近，伊凡·伊里奇时常想恢复原来的思绪，以驱除死的念头。有时，他告诉自己："我还是去工作吧，工作一直是我生活的支撑。"他抛开心头的种种疑虑，到法院去。他跟同事们聊天，坐在法庭上，像以前一样漫不经心扫一眼人群，将两条干瘦的胳膊搁在麻栎椅扶手上，像以前一样侧身凑近身旁的法官，挪过卷宗，对他耳语几句，然后猛地抬起眼睛，把身子挺直，说几句老套的开场白，然后宣布开庭。但审讯进行到一半，腰部又不管不顾地突然抽痛起来。伊凡·伊里奇努力稳定心神，不去想它，可没有用。它又来了，站在他面前，端详着他。他吓呆了，眼睛也失去了光彩。他又自言自语："难道它才是真的?"看到像他这样一位精明能干的法官竟然说话颠三倒四，在审讯中屡屡出错，同事和下属都十分惊奇而痛心。他努力打起精神来，稳定心神，勉强忍到庭审结束，垂头丧气地回家去。他心里清楚，法院开庭也帮不了他了，审讯也帮不了他了。最可怕的是，它吸引他，并不是要他有任何行动，而只是要他面对面地瞧着它，承受这痛苦的折磨。

为了逃离这种痛苦，为了保护自己，伊凡·伊里奇寻找另一种保护壳。但另一种保护壳也只是暂时有用，很快就破裂了，或者变得透明了，仿佛它能穿透一切，没有东西能够抵挡。

有一次，他来到他精心布置的客厅，看着他摔跤的地方，自嘲地想，就是为了布置它，他献出了生命，因为他清楚导致他的病的罪魁祸首，就是那次跌伤。他注意到油漆一新的桌面有一些划痕。他分析原因，发现那照相簿上弯卷的青铜饰边留下的划痕。他拿起照相簿，那里有他满怀情感贴上的照片，恼怒于女儿和她那些朋友的粗鲁——某些地方撕破了，一些照片放反了。他仔细整理好照片，扳平了照相簿的饰边。

然后他想改变布局，把照相簿改放到盆花旁的角落里。他让仆人请女儿或者妻子过来帮忙，可是她们对此持反对意见。他很生气，和她们争吵起来。但这样对他反而是好事，他没有时间想到它、注意它。

不过，当他正准备亲手挪动东西时，妻子对他说："啊，还是让仆人搬吧，别糟蹋你的身体了。"这时，它突然又从屏风后面冒出来，他又看见它了。它的影子一闪，他还希望它再次消失，可是他又感觉到腰还在抽痛。他再也不能忘记它，它就在盆花后面瞧着他。"这是干什么呀？"

"真的，为了这么一个窗帘，我就像冲锋陷阵一样送了命。难道这是真的？真是可怕，真是愚蠢啊！这不可能！不可能！但是事实。"

回到书房里，他躺在床上，又独自面对它。他面对面地看着它，却无计可施。他只能瞧着它，全身直哆嗦。

七

到了第三个月，伊凡·伊里奇的病情怎样，不好说，因为病情是循序渐进的，不易察觉。但无论是妻子、女儿也好、儿子，还是佣人、朋友、医生，尤其是他自己，都清楚，大家只关心一件事——他的位置是否即将空出来，活着的人能否摆脱他带来的麻烦，他自己是否即将摆脱痛苦。

他睡得越来越少，医生给他服鸦片，注射吗啡，但他的痛苦并没有因此减轻。他意识昏沉，感觉麻木，这起初使他感觉好了一点，但很快又再次被痛苦包围，甚至比清醒时还要难受。按照医生的指示，家里人给他做了特殊的饭菜，但他却日益讨厌这种没有滋味的饭菜，倒胃口。

他大便也享受特殊的照顾。每次大便都让他倍感痛苦，因为不干净，不体面，臭气烘烘，还得请别人帮忙。

不过，从这件不愉快的事上，伊凡·伊里奇也获得一种安慰。每次都是男仆盖拉西姆伺候他大便。

盖拉西姆是个年轻人，尽管他是个庄稼汉，但他衣着整洁，因为长期吃城里伙食的缘故，长得格外强壮，容光焕发。他生性开朗，总是笑嘻嘻的。最初看着这个穿着整洁的俄罗斯民族服的小伙子，做着这种不体面的事时，伊凡·伊里奇总感觉尴尬。

有一次，他从便盆上起来，却没有力气提起裤子，就歪倒在沙发上。他看着自己瘦骨嶙峋的大腿，觉得十分恐怖。

盖拉西姆脚上的大皮靴散发着柏油味，身上的印花布衬衫和麻布围裙洗得干干净净，袖子被卷起，露出年轻强壮的胳膊，进来的时候带着冬天的一股清新空气。他故意不看伊凡·伊里奇，容光焕发的脸上散发出一种生的欢乐，但他竭力抑制着，以免病人因此不高兴，走到便盆旁。

"盖拉西姆，"伊凡·伊里奇的声音有气无力。

盖拉西姆抖了一抖，显然害怕自己哪里做错了，慌忙转过他那张刚冒出胡楂的淳朴善良而又青春洋溢的脸，看着病人。

"老爷，您有什么吩咐？"

"我想，你做这事肯定很难受。请你原谅，我是没有办法。"

"哦，老爷，好说。"盖拉西姆的眼睛明亮有神，露出的牙齿洁白又健康。"这不算什么，您生病了啊，老爷。"

他用他那双强壮的手熟练地做着做惯的事，轻轻地走了出去。五分钟后，他又轻轻地走了回来。

伊凡·伊里奇就那样坐在沙发上。

"盖拉西姆，"当盖拉西姆放回洗干净的便盆，伊凡·伊里奇说，"请你帮帮我，你过来。"盖拉西姆走过去。"你扶我一下。我自己起不来，德米特里替我办事去了。"

盖拉西姆走过去，伸出他那双强壮的手，就像他走路一样轻松、利索而温柔地抱起主人，一只手扶住他，另一只手给他提起裤子，想让他坐下。但伊凡·伊里奇要求扶他到长沙发上。盖拉西姆毫不费劲，稳稳当当地抱着他到了长沙发，让他坐了下来。

"谢谢。你真厉害，做起来轻巧极了。"

盖拉西姆微微笑了下，准备离开。可是伊凡·伊里奇感觉同他一起很舒服，不愿意他离开。

"还有，请你给我搬来那把椅子。不，是那一把，我要把腿放上面。腿放高一点，感觉会好些。"

盖拉西姆搬起椅子，在长沙发前轻轻地放下它，然后抬起伊凡·伊里奇的两只腿，放在椅子上。当盖拉西姆高高抬起他的腿时，他感觉好受多了。

"腿抬得高，我感觉好多了，"伊凡·伊里奇说。"这个枕头，你帮我垫在腿下面。"

盖拉西姆听从了他的吩咐，又把他的腿抬起来放好。盖拉两姆一抬起他的双腿，他就觉得好受一些。但双腿一放下，他又觉得不舒服。

"盖拉西姆，"伊凡·伊里奇问，"你现在有事吗？"

"没有，老爷，"盖拉西姆说，他已学会像城里仆人那样同老爷说话。

"你还有哪些活要干？"

"我还有哪些活要干？活都干好了，只需要再劈点明天用的木柴。"

"那你能这么高高抬着我的腿吗？"

"当然可以!"盖拉西姆抬起主人的腿,伊凡·伊里奇觉得疼痛消失了。

"那劈柴怎么办?"

"老爷您不用操心。时间还来得及。"

伊凡·伊里奇叫盖拉西姆坐下,高高抬着他的腿,并同他聊天。真是不可思议,他的腿被盖拉西姆抬着,他就感觉好多了。

从那以后,伊凡·伊里奇就常常叫来盖拉西姆,让他用肩膀扛着他的腿,并和他高兴地聊天。做起这事,盖拉西姆十分轻松愉快,态度诚恳,这让伊凡·伊里奇很感动。看到别人拥有健康、力量和生气,伊凡·伊里奇只感到屈辱;但看到盖拉西姆的力量和生气,他不仅不觉得难过,反而觉得是一种安慰。

听到谎言,是伊凡·伊里奇觉得最痛苦的事,尤其是听大家出于某种原因都相信的那个谎言——他只是病了,并不会死,只要静心疗养,肯定会好的。可是他清楚,不管用什么办法,他都不会好了,痛苦只会变本加厉,直到他死去。这个谎言让他备受折磨。最让他痛苦的是,大家都清楚,他自己也清楚他病得很严重,但大家都对真相避而不谈，选择撒谎，还要强迫他也说谎。谎言，在他临死前夕散布的谎言，把他即将死去这样严肃可怕的大事，缩小到访问、挂窗帘和晚餐吃鳇鱼等小事，让他感觉痛苦极了。说也奇怪，许多次听到他们就他的情况说谎时，他几乎大声叫出来："别再说谎了，我快要死了。你们清楚这事，我也清楚，所以大家别再说谎了。"但他从来不敢叫出来。他看到，他即将死去样严肃可怕的事，在他人的眼中是一件不愉快或者不体面的事（就像一个浑身散发臭气的人走进会客室一样），却又不得不勉强维持他一直苦心维持的"体面"。他看到，没有人可怜他，没有人愿意了解他的真实情况，除了盖拉西姆。因此，只有同盖拉西姆在一起，他心里才会好过些。有时，盖拉西姆不去睡觉，整个晚上都扛着他的腿，还对他说："老爷，您不用操心，我回头会睡个够的。"这让他感到很安慰。或者当盖拉西姆语气亲热、不假思索地说："真希望您没病，我这样伺候伺候您算得了什么？"这也让他感到安慰。只有盖拉西姆一人不欺骗他，当然也只有他一人了解真相，并且不会有所忌讳，但他同情日益消瘦的老爷。有一次伊凡·伊里奇打发他离开，他直截了当地说：

"每个人都会死的。我为什么不能伺候您呢？"他这么说，意思是他现在任劳任怨地伺候一个垂死的人，就是希望将来在他垂死时也有人伺候他。

除了这个谎言，或者正是由于这个谎言，让伊凡·伊里奇觉得格外痛苦，没有一个人能如他所想的那样怜悯他。在长时期的折磨中，伊凡·伊里奇有时特别希望——尽管他羞于承认——有人疼爱他，就像疼爱有病的孩子那样。他多么希望被人疼爱，被人亲吻，被人对着流泪，就像人家对孩子的疼爱那样。他明白，因为他身份显赫，胡子已经花白，这当然是不可能的，但他内心还是充满期望。他同盖拉西姆的关系就符合他的期望，因此他喜欢跟盖拉西姆在一起。伊凡·伊里奇想流泪，想要被疼爱，对着他流泪，谁知这时他在法院的同事谢贝克过来了，伊凡·伊里奇立即板起脸，脸色严肃和沉思，自然而然地说了他对复审的意见，并且坚持自己的看法。他身边的这些谎言和他的自我欺骗，对他最后的生命造成了最严重的毒害。

八

有一天早晨，伊凡·伊里奇很清楚这是早晨，因为每天早晨盖拉西姆都会离开书房，男仆彼得会进来把蜡烛吹灭，把其中一扇窗帘拉开，轻手轻脚地整理房间。不管是早晨，还是晚上，还是星期五，还是礼拜天，其实都一样，反正没有差别：难堪的疼痛永远不曾停止；生命正无可挽回地消逝，但还没有完全消逝；只有那日益逼近的让人又怕又恨的死，才是真实的，其他的都是谎言。在这种情况下，几天、几个礼拜和几小时有什么区别呢？

"老爷，您要用点茶吗？"

"他还是那样，知道老爷太太每天早晨都要喝茶，"他心想，但嘴上却说：

"不用。"

"您要坐到沙发上去吗？"

"他得收拾干净这屋子，可我妨碍了他。我太邋遢，太不整齐了，"他想了想，说：

"不，不用管我。"

男仆继续整理屋子。看到伊凡·伊里奇伸出一只手，彼得赶紧走过去。

"老爷，您想要什么？"

"我的表。"

彼得顺手拿起表，递给他。

"八点半了。她们起来了吗?"

"还没有,老爷。瓦西里伊凡内奇(这是儿子)去上学了,普拉斯柯菲雅·费多罗夫娜吩咐过,要是您问起,就去叫醒她。要去叫她吗?"

"不,不必了。"他回答,心想:"要不喝点茶好了?"于是就对彼得说:"对了,给我拿点茶吧。"

彼得走到门口。伊凡·伊里奇觉得一个人待着害怕。"怎么留住他呢?有了,吃药。"他想了想,说:"彼得,把药给我拿过来。"接着又想:"是啊,说不定吃了药会好一点。"他拿起匙子,吃下药。"不,没用的。一切都是瞎闹,都是骗人的,"那种熟悉的甜腻腻的怪味一到了嘴里,他就想。"不,我再也不能相信了。可是那个疼,那个疼,要是能停止几分钟就好了。"他开始呻吟。彼得回过头来,看着他。"不,你去吧,去拿茶。"

彼得离开了,把伊凡·伊里奇一个人留在那里。他又开始呻吟。他疼得很厉害,可呻吟却不是因为疼痛,而是因为哀伤。"总是那样,总是那样的白天和黑夜。真希望快一点。什么快一点?死,黑暗。不,不!活着总比死了好!"

彼得端着茶盘,走了进来,伊凡·伊里奇看着他,一脸茫然，认不出他是谁，不知道他来做什么。他的目光让彼得很狼狈。看到彼得一脸尴尬的样子，伊凡·伊里奇才清醒过来。

"对了，茶……"他说，"好了，放那吧。你帮我洗洗脸，拿一件干净衬衫来。"

伊凡·伊里奇开始梳洗。他慢慢地洗手，洗脸，刷牙，梳头，然后照照镜子。他害怕看到自己的样子，特别是看到头发紧贴着苍白的前额的样子。

彼得帮他换衬衫。他害怕看到自己的身体，因此努力不去看。梳洗完，他穿上晨衣，身上盖了一条方格毛毯，坐在扶手椅上，开始喝茶。有那么一刻，他感觉神清气爽，但茶一入口，那种味道、那种疼痛就又来了。他勉强喝完茶，在床上躺下，伸直腿，让彼得离开。

一切还是那样。一会儿看见一线希望，一会儿又坠入绝望的海洋。总是疼，总是疼，总是感觉凄凉，一切都没改变。一个人待着格外难受，想找个人陪，但他知道别人的到来只会让他更难受。"最好再注射点吗啡，忘记一切。我要请求医生，叫他再想想办法。这样太难受了，太难受了！"

就这样，一小时、两小时过去了。前厅里忽然响起了铃声。难道是医生？果然是医生。他走进来，精神抖擞，红光满面，神采奕奕，仿佛在说：你们不必这样小题大做，我这就来给你们解决问题。医生明白，这样的表情不合适，但他已经习惯成自然了，改不了啦，好像一个人习惯一早穿上大礼服去拜客，没法改变了。

医生搓搓手，神采飞扬而又使人安慰。

"啊，真冷，真是冻坏我了。让我暖暖身子，"他说，那深情仿佛在说，只要稍等一会儿，等他身子一暖和，所有问题都会迎刃而解。

"嗯，怎么样？"

伊凡·伊里奇觉得，医生想说："情况怎么样？"但他觉得问得不合适，就改口说："晚上睡得怎么样？"

看着医生的那副神气劲，伊凡·伊里奇心想："您总是说谎，一点儿也不害臊吗？"但医生对他的表情视而不见。

伊凡·伊里奇就说：

"还是很糟。还是疼痛，还是疼得厉害。您能想想办法……"

"哦，你们病人总是这样。好了，现在我可暖和了，就是仔细如普拉斯柯菲雅·费多罗夫娜，也不会对我的体温有意见了。嗯，您好。"医生说完，握了握病人的手。

接着医生收起笑脸，变得严肃起来，开始给病人诊治：把脉，量体温，叩诊，听诊。

伊凡·伊里奇心里清楚，这些都是无用功，都是骗人的把戏，但医生跪在他面前，凑近他的身体，用一只耳朵上上下下地细听，表现出一副极其认真的样子，就像体操队员一般做着各种姿势。面对这种场面，伊凡·伊里奇屈服了，感觉就像他在法庭上听辩护律师发言，尽管他心里清楚他们都在撒谎，也清楚他们为何撒谎。

医生跪在沙发上，在他身上不断敲打着。这时，普拉斯柯菲雅·费多罗夫娜绸衣裳的声音从门口传来，还有她责备彼得没有及时向她报告医生的来到的声音。

走进来后，她吻了吻大夫，立刻理直气壮地说，她早就起来了，只是不知道医生来了，所以没能及时出来迎接。

伊凡·伊里奇看着她，审视着她的全身，看到她那白净浮肿的双手和脖子、光泽的头发，以及充满活力的明亮眼睛，他感到恶心。他发自肺腑地憎恨她。她的亲吻让他对她的憎恨，变得更加难以克制。

对待他和他的病，她还是老样子。就像医生对病人的态度都一成不变那样，她对丈夫的态度也一成不变：她总是语气亲昵地责备他没有按时服药休息，总是怪他自己不好。

"唉，他这人就是不听话！不肯按时吃药。尤其是他睡的姿势不对，两腿搁得太高，这样睡对他不好。"

她告诉医生他怎样叫盖拉西姆扛着腿睡。

医生微微一笑，眼神露出一丝鄙夷不屑，但却装出一副和蔼可亲的样子，仿佛说："有什么办法呢？病人做出这样的蠢事并不奇怪。"

检查完毕，医生拿起表，看了看。这时，普拉斯柯菲雅·费多罗夫娜告诉伊凡·伊里奇，不管他愿不愿意，她今天就去请那位名医来，让他同米哈伊尔达尼洛维奇（平时看病的医生）会诊一下，商量他的治疗方案。

"请你不要反对。我这样做是为了我自己，"她挖苦地说，让他感到她做这一切都是为了她自己，因此他没理由拒绝。他一言不发，皱起眉头。他觉得身边全是谎言，是非曲直已无法判断。

她为他做的一切，都是为了她自己。她是这样对他说的，这是真话，不过她的行为没什么信服力，因此必须反过来理解。

果然，十一点半，那位名医来了。一切还是那样：听诊，当着他的面一本正经地交谈，到了隔壁房间则谈肾脏，谈盲肠，一本正经地问答，避而不谈他目前面临的生死问题，大谈特谈肾脏和盲肠的毛病。总之，两位医生都主张对肾脏和盲肠进行治疗。

名医离开时，表情十分严肃，但并没有绝望。伊凡·伊里奇望着名医，眼睛里露出恐惧和希望的光芒，怯懦地问他，他还有希望恢复健康吗？名医回答说，不好说，但不是没有希望。伊凡·伊里奇可怜兮兮地望着医生离开的身影，目光充满期望，以致普拉斯柯菲雅·费多罗夫娜走出书房付给医生出诊费时，眼泪都忍不住掉了下来。

医生带给他的希望并没有持续多久。房间没变，图画没变，窗帘没变，墙纸没变，药瓶没变，他疼痛的身子也没变。伊凡·伊里奇开始呻吟，被注射了吗啡后，便迷迷糊糊地睡着了。

天快要黑时，他醒了。仆人给他送来晚餐，他勉强吃了一点肉汤。于是一切还像以前一样，黑夜又来临了。

饭后七点钟，普拉斯柯菲雅·费多罗夫娜来到他的房间。她穿着晚礼服，丰满的胸部被挤得高高隆起，脸上敷着脂粉。她在早晨就说过，她们晚上要去看戏，萨拉贝娜在这个城里的访问演出，她们预定了一个包厢。那是他的提议。这会儿，他不记得有这回事，看见她那副打扮就生气。不过，很快他想起了这是他的主意，他想到孩子们可以从演出中获得美的享受，他就强行压下了心中的怒火。

进来时，普拉斯柯菲雅·费多罗夫娜眉飞色舞，但似乎又带点歉意。她坐下来，询问他的身体状况，不过他看出，她不过是客套几句，并不是真的想了解病情，而且也知道问了也白问。接着，她就说出了她的来意：她其实不想去，宁可待在家里陪他，可想到已经定了包厢，爱伦和女儿，还有彼特利歇夫（法院侦讯官，未来的女婿）都要去，她总不能让他们自己去。现在，她只期望她不在家时，他能听医生的话，好好休息。

"对了，费多尔·彼得罗维奇（未来的女婿）说想看看你，可以吗？还有丽莎。"

"他们想来就来吧。"

女儿走进来。她打扮得十分漂亮，身体露出的部分焕发出青春的光彩。这种对比让他得更加难受。她对此视而不见，尽情展示她健美的身体。显然她正处于热恋中，十分反感那些妨碍她幸福的疾病、痛苦和死亡。

费多尔·彼得罗维奇也进来了。他穿着燕尾服，烫着卷发，青筋毕露的细长脖子被雪白的硬领夹藏起来，胸前那一大块硬衬白得刺眼，两条强壮的大腿紧紧裹在瘦长的黑裤中，套着雪白手套的手上，拿着一顶大礼帽。

在他后面，一个中学生静静地跟了进来。这个孩子穿一身崭新的学生装，戴着手套，眼眶发黑，看起来真可怜——伊凡·伊里奇很清楚原因。

他一直很可怜儿子。看到儿子投来的那种满怀怜悯的怯弱目光，他感到胆战心惊。在伊凡·伊里奇看来，除了盖拉西姆，就只有儿子理解他、怜悯他。

大家都坐下来，探问了一下病情，然后就陷入了沉默中。丽莎问母亲要望远镜，但母亲不知是谁拿了，也不知道放在什么地方，于是母女俩吵了起来，搞得大家都不太高兴。

费多尔·彼得罗维奇问伊凡·伊里奇是否看过萨拉贝

娜。起初，伊凡·伊里奇起初没明白他的问话，后来才反应过来说：

"没有，您看过吗？"

"看过，看过她演的《阿德里安娜·莱科芙露尔》。"

普拉斯柯菲雅·费多罗夫娜认为，她特别适合演那种角色。女儿对此持反对意见。大家谈到她的演技如何典雅、真挚——这话题已经谈过太多次了。

谈了一会儿，费多尔·彼得罗维奇瞧了伊凡·伊里奇一眼，不说话了。其他人跟着瞧了一眼，也不说话了。伊凡·伊里奇睁大眼睛，望了望大家，显然他很生气。这种局面尴尬极了，必须改变，可怎么也无法改变。这种沉默必须设法打破，可谁也不敢这样做，大家都害怕，害怕一旦揭穿这种礼貌周到的虚伪做法，就会真相毕露。丽莎鼓起勇气，率先打破了沉默。她想掩饰大家心里都有的感觉，不假思索地说：

"嗯，要看表演的话，我们就得出发了，"她拿起父亲送给她的表，瞧了瞧，说。然后，她对未婚夫会意地微微一笑，伴随着衣料的摩擦声站起来。

大家都站起来，相继告辞。

他们一离开，伊凡·伊里奇就感觉好些了，因为虚伪的局面随着他们一起消失了，但疼痛还在。还是那种疼痛，还是那种恐惧，没有减轻一点，反而日益糟糕。

时间依旧在一分钟、一小时地流逝，一切都没改变，永无止境，想到那无法避免的结局，就觉得心惊肉跳。

"好了，你去叫盖拉西姆过来。"他对彼得说。

九

到了半夜，妻子才回到家。她踮起脚跟，轻轻地走进来，但他还是听见她的脚步声。他睁开眼睛，又赶紧闭上。她想打发盖拉西姆离开，自己坐着陪他一会儿。他却睁开眼睛，说：

"不，你去睡吧。"

"你觉得不舒服吗？"

"还是那样。"

"要不服点鸦片。"

他同意了，服了点鸦片。她离开了。

在清晨三点以前，他一直被痛苦折磨得意识模糊。他仿佛觉得有人举起他这个病痛的身子，强行塞进一个又窄又黑又深的口袋里，使劲地往下塞，却怎么也碰不到袋底。他被这件可怕的事折磨得死去活来。他害怕极了，不想往下沉，因此不断挣扎，但越挣扎越往下沉。他突然跌了下去，然后吓醒了。他看见，盖拉西姆坐在床尾，平静而耐心地打着瞌睡；他躺在床里，在盖拉西姆肩上，放着他那双穿着袜子的瘦腿；那支有罩的蜡烛还在燃烧，疼痛依旧一刻不停。

"你去吧，盖拉西姆。"他低声说道。

"不打紧，老爷，我坐坐。"

"不，你去吧。"

他放下腿，侧着身子。他开始感到自己很可怜。等盖拉西姆走到隔壁屋后，他再也忍不住，像孩子一样号啕大哭。他为自己的无依无靠、孤独寂寞而哭，为人们的残酷而哭，为上帝的残酷和冷漠而哭。

"你为什么要这样对我？为什么带我来到这儿？为什

么？为什么这么残忍地折磨我？……"

他知道没人会回答，但正因为没人回答而痛哭。疼痛又开始了，但他无动于衷，也不呻吟。他喃喃自语："痛吧，接着痛吧！这到底是为什么呀？我对你做了什么啊？这是为什么呀？"

后来他静了下来，不再哭泣，还屏住呼吸，努力振作精神。他仿佛在倾听灵魂的呼喊，倾听自己思绪的翻滚。

"你想要什么？"这是他听清的第一句话。"你想要什么？你想要什么？"他反复问自己，"要什么？"——"挣脱痛苦，活下去。"他自己做出了回答。

他继续聚精会神地倾听，都忘记了疼痛。

"活下去，怎么活？"心灵里有人在发问。

"是的，活下去，活得舒适而快乐，就像我以前那样。"

"活得舒适而快乐，就像你以前那样？"心灵里的声音再次发问。于是他开始回忆自己人生中美好的日子。真是奇怪，除了童年的回忆，如今看过去那些美好的日子，居然一点也不觉得美好。童年生活确实很快乐，如果能够倒转时光，重温童年时光多好。但当年一起享受欢乐的人已经不存在了，留下的只有对别人的回忆。

自从伊凡·伊里奇变成如今这个样子，他就再也看不见过去的欢乐，或者说他不在乎那些欢乐，甚至讨厌那些欢乐。

越远离童年，越靠近现在，那些欢乐就越显得不值一提、令人疑惑。这是从法学院开始的。刚开始，那里还存在真正美好的事：欢乐、友谊、希望。但读到高年级，美好的时光就逐渐消失。后来进入政府工作，又出现了美好的时光——倾心于一个女人。后来生活又糊里糊涂，美好的时光逐渐消失，几乎消失殆尽。

结婚……是那么意外，那么让人扫兴。妻子满嘴恶臭，纵情欲海，矫揉造作！自己麻木不仁地办公，费尽心机地捞钱，就这样一年，两年，十年，二十年过去了——生活始终如一。而且越到后面，就越是麻木不仁。走在下坡路上，我却还以为在上山。事实就是如此。大家都看到我官运亨通，步步高升，却不知道我的生命正在溜掉……如今一看，死期到了！

为什么会这样？这究竟是怎么回事？生活不该这样无聊，这样讨厌。不该！即使生活确实很讨厌，很无聊，那又为什么要死，而且那么痛苦地死？总感觉不对劲。

"我的生活是不是有些什么地方不对劲？"他忽然想到。"但我一直都是循规蹈矩做事的，怎么会不对劲呢？"他喃喃自语，突然找到了唯一的答案：生死之谜永远是无解的。

现在你到底想要什么？活下去？怎么活？就像法庭上听到民事执行吏高呼"开庭了"时那样活。"开庭了，开庭了！"他反复告诉自己。"好了，现在开庭的时间到了！但我是无罪的！"他咬牙切齿地叫道。"这是为什么呀？"他不再哭泣，转过脸来对着墙壁，苦苦思索着一个问题：为什么我承受这样的恐惧？为什么？

然而，不管他怎样埋头苦想，都找不到答案。那个常常出现的想法又在他脑海中浮现：这一切都是因为他的生活出现了差错。他重新回顾自己的人生，觉得自己一直都是规规矩矩的，就立刻把这个古怪的想法抛到了一边。

十

两个礼拜后，伊凡·伊里奇躺在沙发上已经起不来了。他不愿躺在床上，便躺在长沙发上。他好像一直那么面对墙壁躺着，孤独地忍受着那难以摆脱的痛苦，孤独地思索着那似乎永远没有答案的问题："这是怎么一回事？难道我

真的要死了吗?"然后,他就听到心灵里有个声音回答说:
"是的,真要死的。"——"为什么要受这样的罪呢?"那
声音继续回答说:"没有什么原因,就是这样。"除此以外
就什么也没有了。

从伊凡·伊里奇生病开始,也就是说从他第一次看医
生以来,他的心情就分裂成两种对立的状态,而且这两种
状态总是交替出现着:一会儿是绝望地等待着神秘而恐怖
的死亡,一会儿是满怀希望和紧张地观察自己身上的器官。
一会儿他的眼前出现了功能已经停止的肾脏或者盲肠,一
会儿又出现了逃躲不掉的神秘而恐怖的死亡。

这两种心情从他一开始生病就交替出现,不过随着病
情的发展,他便觉得自己肾脏的功能越来越可疑,越来越
虚幻,而日益逼近的死亡却越来越现实。

他只要想想三个月前的身体,再看看现在的情况,看
看自己是如何一步步不停地走着下坡路,任何侥幸的心情
就自然而然土崩瓦解了。

近来,他就那么面向沙发背躺着,时常感到格外孤寂,
那是一种处身在闹市和许多亲友中间却没有人理会他而感
到的深深的孤寂,是一种即使跑遍天涯海角都找不到的孤
寂。置身于这种可怕的孤寂中,他只能靠回忆往事来打发

难熬的日子。往事一幕幕，仿佛图画般浮现在他眼前。他总是从最近发生的事开始，一直回忆到遥远的过去，回忆到他的童年时代，然后停留在那些往事上。比如今天给他端来了李子酱，他就会想到童年吃过的干瘪法国李子，而且还觉得别有风味，仿佛吃到果核般，满口生津。同时他又会想到当年的那些情景：保姆、兄弟、玩具。"别去想那些事了……太痛苦了，"伊凡·伊里奇这样安慰着自己，思想又回到现实上来。他望着羊皮沙发上的皱纹和沙发背上的纽扣。"山羊皮很贵，又不结实，有一次还为这事有过一次争执。还记得当年我们撕坏父亲的皮包，因此还受到了惩罚，但那是另一种山羊皮，是另一次争吵……妈妈还送包子来给我们吃。"他的思想又回到了童年时代，一种悲伤再次向他袭来。他竭力驱散这种回忆，想些别的事。

可偏偏在一系列往事的回忆中，他又想到了那件事：他怎样生病和病情怎样恶化。他想到年纪越小，越是充满生气。他想到生命里善的因素越多，生命力也就越充沛。因为这两者互为因果。"病痛越来越厉害，整个生命也就越来越糟糕，"他如是想。"开始的时候生命还有一点光明，后来却越来越暗淡、消逝得越来越快，离死也越来越近。"他忽然想到，一块石子在落下去的时候总是不断增加速度，生命也应该是这样的，带着不断增加的痛苦，越来越快地掉落下去，坠入痛苦的深渊。"我在飞逝……"想到这里，他浑身打起了冷战，他试图抗拒这种恐惧，但他知道这是无法抗拒的。他的眼睛虽然已经十分疲劳，却依旧瞪着前面，瞪着沙发背。他在等待着，等待着那可怕的坠落、震动和灭亡。"抗拒不了，"他自言自语，"真想知道，为什么会这样？可是没有答案。如果说我生活得有问题，那还有理由解释，可是不能这么说，"他对自己说，想到自己这一生奉公守法，过着正派而体面的生活，他越发觉得难以理解，"不能这么说，"他嘴上突然露出一种冷笑，就像人家会看到他这个样子，并且会因此受骗似的。"可是找不到任何答案！折磨，死亡……到底是为了什么呀？"

十一

又过了两个礼拜。在这期间发生了一件让伊凡·伊里奇夫妇心情大好的事情：彼特里歇夫正式来求婚。这事发生在一个晚上。第二天，普拉斯柯菲雅·费多罗夫娜走进丈夫的房间，思量着怎样告诉他彼特里歇夫求婚的事，但就在那天夜里，伊凡·伊里奇的病情似乎更严重了。普拉斯柯菲雅·费多罗夫娜发现他又躺在长沙发上，不过姿势跟以前不同。他仰天躺着，呻吟着，眼睛呆滞地瞪着前方。她刚向他谈起吃药的事，他就把目光转到她身上。她没有把话说完，因为她发现他的眼睛里充满对她的愤恨。"看在基督分上，让我安安静静地死吧！"他对她说。她正想出去，就在这个时候，女儿进来向他请安。他也像对妻子那样对女儿望望，而对女儿问候病情的话似乎并不理会，只是冷冷地说，他不久就会让她们解脱的。母女俩默不做声，坐了一会儿走了。

"我们究竟做错了什么呀？"丽莎对母亲说。"看他的神情好像都是我们弄得他这样似的！我可怜爸爸，可他为什么要折磨我们？"

医生照旧按时来给伊凡·伊里奇看病。可他对医生的问题只回答"是"或者"不是"，他还总是愤怒地盯住医生，最后说："您明明知道毫无办法，那就让我去吧！""我们可以减轻您的痛苦。"医生说。"这点您也办不到，所以还是让我去吧！"

医生走到客厅，告诉普拉斯柯菲雅·费多罗夫娜，伊凡·伊里奇目前的情况很严重，只有一样东西可以减轻他的痛苦，就是鸦片。医生还说，现在他肉体上的痛苦很厉害，这是事实，但更要命的是他精神上的痛苦，这远远比肉体上的痛苦更厉害，而这也是他最难受的事。他精神上的痛苦就是，那天夜里他瞧着盖拉西姆睡眼惺忪、颧骨突出的善良的脸，忽然想：我这辈子说不定真的过得有问题。他忽然想，以前说他这辈子生活过得有问题，他是绝对不同意的，但现在看来可能是真的。他忽然想，以前他有过一些小小的冲动，反对豪门权贵肯定的好事，这种冲动虽然很快就被他自己强行压制住，但或许这才是正确的，而其他一切可能都是有问题的。他的职务，他所安排的生活，他的家庭，他所献身的公益事业和他的本职工作，这一切可能都有很大问题。他试图为自己的这一切辩护，但忽然他发现这一切都是有问题的，他没有什么可辩护的。

"既然如此，那么也就是说现在在我将离开世界的时候，才发觉我把天赋与我的一切都糟蹋了，但是对此我又无法挽救，那可怎么办？"他自言自语。他仰天躺着，又陷入了重新回顾自己的一生的状态中。早晨他看到仆人，后来看到妻子，后来看到女儿，后来看到医生，他们的一举一动、一言一语，都验证了他晚上所发现的那个可怕的真理。他从他们身上看到了自己，看到了他赖以生活的一切，并且明白这一切都有问题，这一切都是掩盖着生死问题的一个可怕的大骗局。他的这种思想愈发增加了他肉体上的痛苦，这种痛苦甚至比以前增加了十倍。他不断呻吟着，辗转反侧，用力撕扯着身上的衣服。他觉得这衣服束缚了他，几乎令他窒息。为此他憎恨它们。

为了缓解他的痛苦，医生给他开了大剂量鸦片，他才算昏睡过去，但到吃晚饭的时候他又开始折腾。他把所有的人都赶走，躺在那里翻来覆去。妻子走过来对他说："约翰，亲爱的，你就为了我这么办吧。这没有什么害处，常常还能有点用。真的，这没什么。健康的人也常常……"

他睁大眼睛，问："什么事？进圣餐吗？你这是干什么呀？不用了！不过……"

他的妻子哭了："好吗，我的爱人？我去叫我们的神父来，他这人挺好。"

"好，太好了。"他同意道。

神父来了，听了他的忏悔，他觉得真的好过一些了，疑虑似乎减少些，痛苦也减轻了，就在这一瞬间，他似乎看到了希望。他又想到了盲肠，觉得还可以治愈。他含着眼泪进了圣餐。进完圣餐，他又被放到床上，刹那间觉得好过些，并且又出现了生的希望。他想到他们之前建议他动手术。"活下去，我要活下去！"他自言自语。妻子走过来向他表示祝贺，敷衍了几句，又问："你是不是感觉好些？"他没有看她，只是嘴里说："是。"不知道什么原因，他觉得她的服装，她的体态，她的神情，她说话的腔调，全都向他传达着一个意思："有问题。你过去和现在赖以生活的一切都是谎言，都是对你掩盖生死大事的骗局。"一想到这点，他的心头就无端升起一阵愤恨，随着愤恨他又感觉到肉体上的痛苦，同时意识到逃躲不掉的临近的死亡。接着这种意识又给他增加了一种新的感觉：拧痛、刺痛和窒息。所以，当他说"是"的时候，他的脸色是可怕的。他说了一声"是"，眼睛便直直地盯住她的脸，接着使出全身的力气迅速地把脸转过去，伏在床上大喊道："都给我走，都给我走，让我一个人待着！"

十二

从那天起，一连三天他一刻不停地惨叫，叫得那么可怕，就算隔着两道门听了也觉得毛骨悚然。当他回答妻子的时候，他就已经明白他完了，无法挽救了，他的末日到了，他生命的末日到了，可是对于生死这个谜题他始终没有解决，这将永远是个谜。

"哎哟！哎哟！哎哟！"他用不同的音调惨叫着。他开始叫嚷："我不要！"接着又是哎哟哎哟地惨叫。整整三天，他就在那个黑口袋里一刻不停地拼命挣扎，而一个肉眼看不见的力量却把他一直往口袋里塞，他无力抗拒。他就像一个死刑犯，落到刽子手手里，他知道自己没有生路了。他每分钟都感觉到，不管他怎样挣扎，他距离那恐怖的末日越来越近了。他觉得他的痛苦在于他正被人塞到那个黑窟窿里去，而更痛苦的是他无法利利索索地落进去。他之所以不能利利索索落进去，是因为他认为他的生命是有价值的。就是他这种对自己生命的肯定，阻碍了他，不能让他轻松点上路，给他增添了许多痛苦。

突然，他觉得自己的胸部和腰部受到猛烈的打击，在这种重创之下，他的呼吸更加困难，之后，他掉到了窟窿里。在窟窿最底部，有一道亮光。他觉得自己仿佛处身在火车车厢里，你以为火车在前进，其实却在后退。这时他突然辨出了方向。"是的，一切都有问题，"他自言自语，"不过没有关系，这些问题都是可以纠正的。可怎样才算'正确'呢？"他问自己，之后，他突然沉默了。

到了第三天傍晚，也就是他临终的前两个小时，他念中学的儿子悄悄地走了进来，他来到父亲床前。作为一个垂死的人，他就那么一直惨叫着，挥动着双臂。他的一只手落在儿子头上。儿子握住他的手，亲吻着，悲痛地哭了起来。就在这时候，伊凡·伊里奇掉了下去，之后，他看见了光。他开始领悟到他的生活过得有问题，但还可以纠正。他问自己：怎样才是"正确"的，接着他就那么一动不动地留神听着。

突然，他感到有人在吻他的手。他睁开眼睛，向儿子望了一眼。他开始有些可怜起儿子来。妻子走到他跟前。

他对她也看了一眼。她正张着嘴，鼻子上和面颊上挂着眼泪，用一种绝望的神情看着他。他为她难过。"是的，我把他们害苦了，"他想，"他们真可怜，但等我一死，他们就会好过一些。"他原本想把这话说出来，可是他已经没有力气说。"不过，何必说呢，应该行动。"他这么想。然后他对着儿子用目光示意说："带他走……可怜……你也……"他还想说"原谅我"，却说成了"原来我"。他已经没有力气纠正言语的错误了，只是摆了摆手，他心里明白谁需要听懂自然会懂的。

就在这一刻，他恍然大悟，原来折磨他的东西消失了，从四面八方消失了，从一切方面消失了。他现在唯一有的感觉就是可怜他们，他觉得应该让他们摆脱这种折磨。应该让他们，也让自己摆脱这种种痛苦。

"哦，这多么简单，多么快乐，"他想。"疼痛呢？"他接着问自己。"它去哪儿了？哦，疼痛，你在哪儿啊！"他侧耳倾听。"哦，它在这里。好吧，痛就痛吧。""那么死亡呢？它在哪里？"他开始寻找那些往常折磨他的死的恐惧，可是没有找到。它在哪里？什么样的一种死啊？如今，他一点儿也不觉得恐惧，因为他知道根本没有死。是的，没有死，只有光。"原来如此！"他突然说出声来。"多么快乐呀！"对于他，这一切都只是瞬间的事，这瞬间的含义没有再变。只是他身边的人依旧看到，临死前他又被痛苦折腾了两小时。他的胸膛里咯咯发响，瘦得不成样子的身体不断抽搐。然后，他身体中的咯咯声越来越少，喘息也越来越微弱。"过去了！"站在他身边的人这么说。听见这话，他在心里重复了一遍。"死过去了，"他对自己说，"再也不会有死了。"他最后吸了一口气，吸到一半时，两腿一伸，死了。

野　果

　　那时正值六月，天气很炎热，也没有风。树叶都长得青绿葱郁，只有桦树叶的颜色是黄澄澄的。野蔷薇树的花儿开得正艳，香气迷人，那肆意生长的黑麦长得高高的，在田里来回摇摆。树林中，许多禽鸟不住地鸣叫。那时候天气就是那样地酷热难耐。路上满是干燥的尘土，微风一来，便扑人满面，使人呼吸都觉得极为困难。

　　大地上，一切物种似乎都在忙碌着。农民们正忙着建造房屋，运送肥料。空闲的田地里牲口们忍耐着饥饿，等着草料果腹的老小黄牛拖着那钩形的尾巴，从圈房牧人那里跑出来。小孩子们在道旁看守着马儿。妇人们走入树林去运草料，而小姑娘们则争先跑进树林里去拾野果，然后拿来卖给避暑的人。所谓的那些避暑客人和农民们很不一样。他们住在布置幽雅，舒服适宜的夏屋里。他们偶尔穿着又轻又整洁的贵重衣服，撑着太阳伞，在铺着黄沙的小道上漫步。他们也会在树阴里或者凉亭中休息、喝茶、喝酒，用此等方法来解去酷热。

一天，尼古拉·谢美诺绕过新造的一所巨大别墅前，一辆华美的马车停了下来，这辆车是彼得堡的绅士从城里乘坐来的。

这位绅士是一个很活泼且自由的人，各种集会他都愿意加入。他这次从城里出来，是为了见他幼时的好友。

对于宪法变更的方法，他们两人的意见略有不同。这个对社会主义稍有嗜好的彼得堡人，却在他所处的地位上得到很多的薪俸。至于尼古拉，那是纯粹俄罗斯人，他名下有好几千亩田地。

他们一块儿在花园里吃饭，一共有五碗菜；因为炎热，所以一点也吃不下去，那四十卢布薪水的厨子竟白白地费去劳力，不能博取客人的赞美。他们只吃一碗新鲜白鱼的冷肉羹，各色冰果子和几片干面包。吃饭的人有客人，医生，幼儿教员（他是一个学生，失望的社会革命家），玛丽（尼古拉的夫人）和三个小孩。

他们一顿饭吃的时间很长，因为最小的儿子郭箍正在那里肚子痛，所以玛丽不时照顾他。又因为当众宾客和尼古拉讲到政治问题的时候，那失望的学生总想显出自己并不是一个不能辩论的人，也就加入讨论，当时宾客个个都不说话了，尼古拉也只得安慰安慰那革命家。

他们在七点钟开始吃饭。饭后来宾坐在游廊下乘凉，吃一点清凉的冰淇淋和白酒，就谈起来了。他们先谈起选举问题：是两级制呢，还是一级制呢，都各有自己的见解。他们直谈到饮茶的时候方才罢休。饭厅四面以防苍蝇侵入，全罩着铁网。喝茶的时候，他们全和玛丽谈话，可是玛丽一面谈话，一面又惦记着郭箍肚子痛的事情。谈论是关于画图方面的，玛丽以为在颓废派的画图里有 Unje nsais guoi，那是不能反对的。她那时候并没想到颓废派的画图，嘴里却屡次地说他。那客人也觉得无味得很，可是她听见人家反对颓废派，也就附和着，说别人也猜不到她究竟懂不懂颓废派。尼古拉看了看他妻子，觉得她心里一定有什么不满意的事情。她屡次说这一套话，别人听得全都厌烦了。

黄铜的灯点起来，院里也挂着灯。小孩子们全去睡觉了，郭笳吃了药，也睡了。

那客人和尼古拉，还有医生又走到游廊里去。仆人持着灯跟出来。那时候大约有十二点钟了，他们又谈起国事来，认为俄国在现在这样重要的时代，应当想出一个政策来。两人一边抽着烟，一边就谈起来。

门外边几匹不备鞍的马系在那里，那个老马夫坐在车里一会儿打哈欠，一会儿打鼾。他住在主人家已经有二十年，所得的工钱除三五个卢布，自己留作喝酒之用以外，其余全送到家里给他的兄弟；那时候四处鸡声大起，车夫等他主人等得太久了，疑惑恐怕把他忘掉，就下车进到别墅里。他看见他主人正坐在那里一面吃东西，一面高高兴兴地说话。他焦急起来，就跑去寻找仆人。那仆人正坐着，睡在外屋里。车夫喊醒他，那个仆人原先曾当过警卒，他现在每月薪水是十五卢布，客人所赏的茶水反倒有一百卢布的样子，他家人口虽然很多（五个女儿两个儿子），却因此也能养得起。他当时一下子就被车夫喊醒了，连忙跳起来，停了一会儿，就进去禀报，说车夫着急得很，请示怎样吩咐。

仆人进去的时候，他们正辩论得十分高兴，那医生刚刚走过来，也一起辩论。

客人说："我决不能让俄国民族走到另一种发展的道路上去。应当先有一种自由——政治的自由——这样自由……大家全知道这是最大的自由……为了保持别人的权利。"

客人觉得他一时错乱，是不能这样讲的，可是在谈话之胜时，他竟也不能想一想到底应当怎样说。尼古拉并不去听客人所说的话，却老想着要表达自己所喜欢的意思，他答道："这是这样的，不过必须用别的道路才能达到这个程度，并不是大多数人同意，而是全体协议。你不妨看看人们的决议。"

"唉，这个世界！……"

医生回道："斯拉夫民族有自己更为独特的见解，那是不容反对的。就像波兰有否决权，不过我也并不一定认为这是好的。……"

尼古拉又说："请你们先让我把我自己的意见发表一下。俄罗斯民族有种极为特别的性质，这种性质……"

一旁的仆人张着一双睡眼已经在这里站了许久，最后实在忍不住了，便插上去说："车夫正十分着急……"

"麻烦你出去跟他说一下，我马上就要走了。"

"是。"

仆人说完就出去了。尼古拉又能发表自己的见解了，但是客人和医生听着他的这种见解至少也有二十次了，于是一并起来驳他。客人用历史上的例子来一层层驳他，因为客人很熟悉历史。

医生和另一位客人显然是很赞同这位客人的观点，他们很爱他这种博学的人，并且十分高兴能有机会和他认识。

他们之间的谈话也谈得太久了，树林那边已经慢慢地露出一道白光来，就连黄莺都醒来了。可是那几个人却还在那里一边抽烟，一边讲话；一边讲话，一边抽烟。

看他们的样子，讲话似乎还要继续下去，可就在这时，从门里走出一个女仆来。

女仆是一个孤苦伶仃的人，为了生存，也只得出来为别人奴役。起初她住在商人家里，一个伙计诱骗她失了身，她生了一个孩子。后来那个孩子也死了，她就去了一个官吏家里做仆人。谁知那家的儿子在中学念书，一点不让她安宁，再后来她就到尼古拉家中去充当女仆，工钱给得不少，而且也没有人诱惑她了，对此，她心里很是庆幸。

这时，女仆进来禀告说太太请医生和老爷进去看看。

尼古拉想："哦，一定是郭笳有什么事。"

于是他问："什么事？"

女仆答："小少爷不舒服呢。"

客人说："哦，我们也该走了！你看看，天都已经亮了！我们坐得也太久了！"

客人一边说着，一边就笑起来，那样子就像是夸奖自己和他的谈友能够谈得这么长久。他说完这句话就告别起身离去了。

仆人意温见客人要走，便各处去取客人的帽子和洋伞，奔走得十分劳累，他心里想着可以因此得到一点儿赏钱，也就不觉得辛苦了。仆人知道这位客人是一个十分慷慨，并不怜惜小钱的人。不成想他谈话谈昏了，竟然忘掉了这件事情。直到他走到中途了，这才想起来他还没给仆人赏钱。

"唉，这也没有法子了！"车夫爬上车座，坐下来拉了拉缰绳，车就走了。铃声一路响着，那客人十分舒服地坐在车里，一路上，他总是想着他们刚才辩论的话。

尼古拉并没有先到妻子玛丽那里去，他心里也是这样想的。

他之所以要推迟，不想先进去，原因是他知道进去见到妻子也没有什么话说。说到这里，主要还是野果招来的问题。是的，这是一件关于野果的事情。昨天有几个乡下小孩儿拿来野果向尼古拉兜售。尼古拉也没有和他们讲价，就买了两盆不是很熟悉的野果。就在那时，他的小孩子们正好跑出来，便从盆子里取出野果吃起来。那时候玛丽还没有出来，等到她一出来，知道尼古拉又给郭笳吃野果，就十分生气，因为郭笳肚子本来就有些不舒服。于是，她责备她丈夫，丈夫觉得自己没错，也转过来责备她。一场嘴仗就这样不可避免地吵开了。

没想到的是，到了晚上，郭笳果真就腹泻起来。尼古拉想着没什么大碍，过一会儿可以好，可医生却说这个病症恐怕要变坏。

尼古拉去见妻子的时候，她穿着一件红色的丝汗衫，正站在房间里，医生也在那里，手里拿着一盏灯照着。

他看见医生戴上眼镜，很认真地看着那边，并且不住地用木棒拨郭筘的粪便。

妻子玛丽说："唉，就是那可恶的野果弄的。"

尼古拉厉声道："为什么是野果呢?"

"为什么是野果? 是你给他吃的，你不知道吗，你看，现在弄得我一晚上都没有睡，孩子也快死了。"

医生听了玛丽的话，笑笑说："太太说得严重了，这是不会死人的。稍微给他服点药，以后谨慎一点，很快就好了。现在不妨就试着给他服药。"

尼古拉说："孩子正睡着呢。"

"嗯，最好不要再吵醒他了。明天我再来吧。"

"那么就有劳您了。"

医生走了，只剩下尼古拉一人，可他并没有去安慰他的妻子。她就那么待着，等他睡着的时候，天已经大明了。

就是在这个时候，邻近乡村里，农夫和儿童也正赶着夜路回来。有独自一个人回来的，也有拉着马回来的。

达拉司加刚满十二岁，他穿着一件短汗衫，光着脚骑在马上，后面还拉着许多马。达拉司加带领着这些马匹一起回到山上村里的家中去。远远的，就有一条黑狗高高兴兴地跑在前面，还时不时地回过头来看看达拉司加。

达拉司加回到家中，先把马系在门旁，就进屋来。

他对那睡在外屋的兄弟妹妹们喊道："喂，你们快醒来啊！"

原本和他们一起睡的母亲已经出去挤牛奶去了。

听到喊声，最先醒来的是渥丽姑慈卡，她跳起来，用两手整理着自己的头发。和她一起睡的费姬加还是没有起来的意思，她缩着头躺着，用脚趾蹭了蹭盖在衣服下的小脚。

这几个孩子从晚上就打算着去采野果，所以让达拉司加看夜回来后就喊醒他们。

达拉司加也是这样做了。看夜的时候，他坐在树底下睡熟了一会儿。现在虽然已经很晚了，不过他倒也不觉得疲乏，于是决定和他们一块儿去采野果。这时，母亲进来了，递给他一碗牛乳。他自己又去切了一块面包，便坐在桌旁吃起来了。

他吃完后穿上一件汗衫，迅步跑到路上，随着尘土里的赤脚印走着，这个时候，他的妹妹们已经远远地走到树林那里去了。（前一天晚上他们就已经预备好了瓶子和碗，不吃早饭，也不准备面包，起来祈祷了两次，便跑到街上去了。）到了大树林那边转弯的地方，达拉司加才追上她们。

草上和树枝上还沾着露。姑娘们的两脚都潮湿得很，刚开始觉着冷，后来走在软草上和硬而不平的地上，脚底板便发起烧来了。采野果的地方就在这个树林里。小姑娘们先到去年曾经采过野果的地方。那地方的树长得还不高，不过有几处倒是长着很熟的玫瑰色的野果。

看到成熟的野果，小姑娘们就俯下身去，伸出小手一个一个把野果采下来，不好的就放在嘴里，好的则挑出来放在篮子里。

"渥丽姑慈卡到这里来，这边有很多呢！"

"呀，我好害怕！啊！"小姑娘们走到树后边，她们之间的距离离得不远，相互这样喊着。达拉司加则离开他们，独自一人走到山洞那边，那是去年已经伐过的树林，那里的果子树差不多有人一样高。不过根据经验，往往都是草长得越深，果子树也长得越好。

"格露慈加!"

"什么事?"

"好像有狼?"

"呀,什么狼?你不要吓自己。你不要怕,我也不怕!"格露兹加这样说。她一边想着狼,一边还在那里采果子,或许是因为紧张的缘故,竟把好果子往嘴里送进去。

达拉司加已经离妹妹们很远了,他往山涧那里去了。

"喂!达拉司加!"

听到呼喊声,达拉司加便从山涧那里回应:"我在这里!你们来吧。"

"我们快往那边去,那边很多呢。"

小姑娘们说着便爬下山涧,往对岸走去。到了那边,两人就坐在草地上,一句话也不说,不住地用手和嘴唇交替着工作,或吃或放在篮子里。

就在这个时候,忽然有一个什么东西猛地跳了过来,原本很安静的孩子们立时变得惊慌起来。

格露慈加更是吓得躺在地上，半筐的野果也撒了一地，她叫了一声"妈妈！"便哭泣起来。

渥丽姑慈卡指着一只黑背长耳的东西喊道："兔子，这是兔子。达拉司加！兔子。你看，真的是呢！"她刚说完，那只兔子就跳着不见了，于是，她就朝着格露慈加问："你怎么啦？"

格露慈加道："我以为是狼呢！"说完，那一张因为惊惧而哭泣的脸上立刻现出笑容来。

"你真傻！"

格露慈加一边说："真的是吓死我了！"一边哈哈大笑起来。

她们采完果子，又往前走。这时候太阳已经出来，照在绿叶和露水上，亮晶晶的，很是好看。

姑娘们往前走着。差不多已经走到树林的尽处，他们总以为走得越远，果子就会越多。等了一会儿，四处都听见许多妇女说话喧笑的声音。那些妇女也是出来采野果的，不过来得晚一点罢了。到早饭的时候，姑娘们的筐子和口袋里差不多满了。后来她们就同也来采果子的阿库林婶婶相遇。阿库林后面还跟着一个穿一件汗衫，却不戴帽的小孩，也光着一双宽大的脚。

阿库林携住那小孩的手对小姑娘们说："你看这小孩跟在我后面，也离不开了。"

"刚才一只兔子跳出来，我们被吓了一大跳。"

阿库林说："你们看什么？"说着又把小孩子的手放开了。

她们谈了一会儿就离开了。各做各的事情去。

渥丽姑慈卡坐在树阴底下说："现在我们可以坐一会儿了。真是累乏得很！唉，可惜没有拿面包，要不然现在就可以吃一点。"

"我也是很愿意的。"格罗慈加说。

"阿库林婶婶在那里嚷喊呢。很奇怪！喂，阿库林婶婶！"

"渥丽姑慈卡！"阿库林应道。

"什么事？"

阿库林在小河那边喊道："小孩不在你们这边吗？"

"不在这里。"

草飒飒作响，一会儿阿库林婶婶提高着裤子，手里拿着袋子，匆匆地走讨着。

"没有看见小孩子吗？"

"没有。"

"唉，糟糕透了！米司加。"

"米司加！"

没有一个人回答。

"唉，他一定迷路了！他是在大树林里迷路了。"

渥丽姑慈加急得跳起来，就和格露慈加一起去寻找了，阿库林也往别路去找。他们一边走着，嘴里不住地大声喊着米司加，可是一点儿回响都没有。

格露慈加说："我快要累死了！"说完，她便坐下来，渥丽姑慈加却还是一边走着，一边喊着，继续四处寻找。

阿库林还在大喊着米司加的名字，那种悲惨失望的声音在树林里传得很远。

渥丽姑慈加找了许久，仍然不见米司加的影子，她正打算回家去，忽然听见在一棵树上一只鸟在那里正又生气又着急地叫着，听那叫声，好像有惧怕和生气的意味。渥丽姑慈加朝着那棵长得很高的树望去，这时她才发现这树下有一堆和草一样的蓝色的东西。她停下脚步，细细一打量。原来是米司加，那只鸟在停在树枝上，看上去又怕他，又气他。

而米司加呢，他正仰面躺在地上，两手放在头下，伸着一双弯曲的且肿着的小脚，睡得正香。

渥丽姑慈加把米司加的母亲叫来，喊醒了他，并把自己的野果送了一点给他吃。

找到米司加之后，渥丽姑慈加回家就把她找到孩子的事情讲给父母和邻居听，每遇到一个人，她总要和他从头到尾地讲一遍这件事情。

这时分，太阳已经从树林边出来，用它那炙热的光焰照耀着大地和世间的万物。

几个女孩子遇见了渥丽姑慈加，就对她说："渥丽姑慈加！我们一起去洗澡吧！"于是，大家就齐声唱着歌，跑下河去。

一群女孩子一边嚷着，一边搅着河水，闹了半天，不知不觉间，从西方飘来一朵黑云，太阳也隐去了，紧跟着，雷声竟也隆隆地响起来。女孩们还来不及穿上衣服，雨就已经下了起来，把她们都给淋湿了。

女孩们赶快跑回家里，吃了一点东西，又到种番薯的田里给她们的父亲送饭去。

等她们回来吃饭的时候，衣服已经干了。于是，她们把野果收拾好，放在茶杯里，先送到尼古拉的别墅里去，因为他给的钱比较多一些。只是，现在，他却把她们给辞掉了。

这时，玛丽正撑着太阳伞坐在大椅子上，因为炎热疲乏得很，她一看见几个姑娘手里拿着野果，便用扇子远远地向她们摇着。

"不要不要！"

瓦略是尼古拉的长子，今年刚十二岁。原本学校里体操课刚结束，大家身体都疲乏得很，可他却还同邻居在那里玩球。后来，他一看到野果，便跑到渥丽姑慈加那里，问："多少钱？"

渥丽姑慈加道："三十哥币。"

他说："太多了，我身上没有，你先等一等吧。"说完，他就跑到保姆那里去了。

渥丽姑慈加和格露慈加看着那玻璃球，都十分喜欢。房屋、树林、花园都一一照在那颗球上。其实，这球和另一种东西在她们看来，也不算什么稀奇，因为那贵族世界在她们的眼里才是最奇怪的。

瓦略跑到保姆那里问她要三十哥币。保姆说用不了这么多，二十哥币也就够了，她说着便从皮夹里取出来给他。这时，他的父亲尼古拉由于昨晚上一夜未睡，直到现在才起身，瓦略向保姆要钱的时候，他正坐在一边吸烟看报。瓦略没说什么，从他父亲面前走过，直接走到渥丽古慈加身边，把二十哥币交给她。野果现在属于瓦略了，他把那些野果倒在了碟子里。

野果换了钱，渥丽姑慈加高兴极了。她欢快地回到家，把手巾包打开，拿出二十哥币很自豪地交给她的母亲。她的母亲小心翼翼地把这些钱藏好之后，去河边洗衣服了。

　　早饭后，达拉司加和父亲一起去田里种番薯，完工后，就躺在黑橡树底下呼呼睡去，他的父亲则坐在那里，一双眼睛正好望见一匹脱了缰绳的马在别人家的田里乱跑，差一点儿就践踏到麦子。

　　尼古拉的家里，现在一切事情都已如同往日。早饭照常预备三碟小菜，如今苍蝇早就在上边吃饱了，可是仍然没有一个人来吃，因为他们一家人都不怎么愿意吃东西。

　　尼古拉仍旧看着他的报纸，他觉得自己所发表的见解很有道理，这样想着，心里自然很高兴。玛丽这下也安心了，因为郭笳的病已经痊愈。还有那位医生，他自然也很高兴，因为他觉得自己所开的药方还是很有成效的。尼古拉的长子瓦略心里也十分满足，因为他如愿吃了一大碟子野果。

孩子的力量

"打死他！……枪毙他！……把这个坏蛋马上枪毙！……打死他！……砍断他的脖子……打死他！……打死他！"人群中大声叫嚷的声音此起彼伏，有男人，也有女人。

一大群人押着一个被捆绑的人走在大街上。这个人的身材魁梧，腰板挺拔，迈出的脚步很是坚定，头也高高地昂着，神态十分凛然。

在人民反对政府的战争中，这个人是站在政府一边的。

如今他被抓获，正被押去处决。

"有什么办法呢！幸运总不在我们一边。有什么办法呢？如今是他们的天下。所以，死就死吧，目前看来这就是我最后的下场了。"他这样想着，然后耸耸肩膀，对着不断叫嚷的人群露出冷冷一笑。

"他是警察，今天早晨还向我们开过枪！"人群中有人这样嚷道。

但押解他的人并没有停下来，仍押着他继续往前走。当他们来到那条横着昨天在军警枪下遇难者尸体的街上时，围观的人群狂怒了。

"不要再拖延时间！就在这儿把他枪毙吧，还要把他押到哪儿去？"人群嚷道。

被押解的人阴沉着脸，只把头昂得更高。

领头的人没有理会人群中的叫嚷，他决定把他押到广场上去，去那里解决他。

距离广场越来越近，在一片肃静中，人群后传来一个孩子的哭喊声。

"爸爸！爸爸！"一个六岁的男孩哭喊着跑来，他推开人群往"俘虏"那边挤去，"爸爸！他们要怎样对待你？等一等，等一等，把我也带去，带去吧！……"

突然，孩子旁边的人群停止了叫喊，他们好像受到了一种强大的冲击，人群开始让出一条道来，让孩子往父亲那边去。

"瞧瞧这孩子多可爱啊！"一个女人说。

"你要找谁呀？"另一个女人向男孩俯下身去，关切地问。

"我要爸爸！请让我到爸爸那儿去！"男孩尖声回答。

"你几岁啊，孩子？"

"你们想把我爸爸怎样？"男孩问。

"回家去吧，孩子，回到你妈妈那儿去。"一个男人对男孩说。被押解的"俘虏"已经听见孩子的声音，也听见那些人对孩子说的话。他的脸色越发阴沉了。

"他没有母亲！""俘虏"对那个让男孩去找母亲的人大声说。男孩还是在人群中一直往前挤，直到他挤到父亲身边，爬到他身上去。

人群中的叫嚷声依旧未停，他们一直喊着："打死他！吊死他！枪毙这个坏蛋！"

"你为什么要从家里跑出来？"父亲对男孩说。

"他们要把你怎么样？"男孩问。

"你这么做。"父亲说。

"什么？"

"你认识卡秋莎吗？"

"那个邻居阿姨吗？我认识呀。"

"好吧，你先到她那儿去，待在那里别乱跑。我……我就来。"

"你不去，我也不去。"男孩说着哭起来。

"你为什么不去？"

"他们会打你的。"

"不会，他们不会的，他们就是这样，只是说说。"

"俘虏"说完,把男孩放下来,然后走到人群中那个发号施令的人跟前。

"听我说,"他说,"你们要打死我,不论怎样都行,你们可以在任何地方,但就是不要当着他的面。"他说着指了指男孩,"你们放开我两分钟,抓住我的一只手:我就对他说,我跟您一起去溜达溜达,您是我的朋友,这样他就会相信我没事,他就会走了。到那时……到那时你们要怎么打死我,都行。"

领头的人同意了。

随后,"俘虏"又把男孩抱起来,说:"乖孩子,到卡秋莎阿姨那儿去。"

"你呢?"

"你看,我和这位朋友一起溜达溜达,我们再溜达一会儿,你先去,我马上就来。你去吧,乖孩子。"

男孩盯着父亲,头一会儿转向这边,一会儿转向那边,接着他好像思索起来。

"去吧,好孩子,我很快就来。"

"你一定来吗?"男孩听从了父亲的话。这时一个女人把男孩从人群带了出去。等男孩看不见了,俘虏说:"现在我准备好了,随你们处置我吧。"

就在这时候,发生了一件完全意想不到和难以理解的事情。在那个一时变得残酷,对人充满仇恨的人身上,同一个神灵觉醒了。

一个女人说:"我看,还是把他放了吧。"

"上帝保佑,"又一个人说,"放了他吧。"

"放了他,放了他!"这句话在人群中此起彼伏。

刚才还在憎恨群众的他,此时竟双手蒙住脸放声大哭起来。他是个有罪的人,但当他从人群跑出去的时候,却没有一个人去拦住他。

阿撒哈顿

　　有一天，阿西利王阿撒哈顿带领军队去攻打拉利亚王国。一路攻城略地，他攻下了几乎所有的城池。抢劫、焚烧，几乎无所不为。拉利亚王国的臣民全都被他掳去，军队也悉数溃败解散，就连那个拉利亚王也做了阶下囚。

　　一天晚上，阿撒哈顿正坐在床上想要怎样去惩罚拉利亚。忽然，他的耳旁响起了说话的声音，他连忙睁开眼来。然后，他看见了一个长着白胡子的老头儿。这个老头儿长着一双小眼睛，他就站在阿撒哈顿面前，问他："你想惩罚拉利哑吗？"

阿撒哈顿说："不错，我正在想呢，还没有想出惩罚他的法子呢！"

老头儿说："你难道不知道拉利亚就是你自己吗?"

阿撒哈顿说："你这么说不对！我是阿西利王，不是拉利亚。你为什么说我是拉利亚呢?"

老头儿说："你和拉利亚是一样的！只不过你自己觉得你不是拉利亚，拉利亚不是你罢了。"

阿撒哈顿说："你这是什么意思。我躺在轻软的床上，在一旁伺候我和服从我的人不知道有多少。明天我还是会和今天一样，要跟我亲信的朋友一起饮宴取乐，而那个拉利亚呢，就像一只被关在囚笼里的鸟儿一般。明天他就要伸着舌头，被绑在木桩上，我的士兵会把他弄得死去活来！他的尸首也会被一群恶狗撕个粉碎。"

老头儿说："你决不能害他的性命！"

阿撒哈顿说："一万四千个兵卒都被我杀死了！又怎么样呢?我现在还不是好好活着，可他们却不知已经到哪里去了。如此说来，我总是能够杀死他们的。"

老头儿说:"你怎么会知道他们就一定不存在了呢?"

阿撒哈顿说:"因为我没有看见他们呀。最重要的是他们全部都在受苦,而我却在享福。你看,他们到底还是愚蠢的,我却是很好。"

老头儿说:"你真是这样认为的吗?你若真是明白,就会知道其实受苦的是你自己,并不是他们呀!"

阿撒哈顿说:"我真弄不明白你在说什么。"

老头儿说:"那你现在想弄明白吗?"

阿撒哈顿说:"我当然很愿意。"

老头儿随即指着旁边装满了水的浴盆,说:"那请你到这儿来吧!"

阿撒哈顿走下床,来到浴盆旁边。老头儿吩咐他脱了衣服,让他进入浴盆。

阿撒哈顿果然听了老头儿的话。这时老头儿取了一杯水,对着阿撒哈顿说:"现在我要把这杯水浇在你身上,你的脑袋也会浸湿的!"

　　说着，老头儿就朝着阿撒哈顿泼起水来。阿撒哈顿的全身都溅着水，正当他浸在水里的时候，忽然他觉得自己真的不是阿撒哈顿了，好像变了一个人似的。他仿佛看到自己躺在一只华丽的床上，有一位像天仙一样的美妇陪着他。他之前可是从来没有见过这个女人的。可不知为什么，他心里却是很清楚地知道这个妇人是他的夫人。他看到那个妇人坐起来，对他说："我亲爱的夫君拉利亚呀！昨晚你可是忙了一晚上，今天你一定是觉得累，所以比平常起得晚了。可我也不敢来惊扰你。现在亲王们全在大殿里等候你，你还是快起来，穿上衣服去见他们吧！"

　　听完妇人的这番话，阿撒哈顿立即就明白了，如今他竟变成拉利亚了。他虽然觉得很奇怪，可也迷迷糊糊地起了床，穿好了衣服，走到大殿上去。大殿上，亲王们见他走来，变迎着跪下叩头。叩完头，这些亲王便遵着王命，站起身来坐在前边。

　　开始朝议政事，亲王中一个最年长的人先开了头。他说恶魔阿撒哈顿王种种凌虐国家的事，并且说如今实在无可忍耐了，一定要同他们宣战。等把他们打败了，也好出出这口闷气。不过拉利亚王那时并没有听取这位亲王的提议，而是决定派一个使臣去和阿撒哈顿交好，之后，又把各位亲王都用好言遣散了。

变身成拉利亚王的阿撒哈顿从他的臣子当中选了一个忠诚的人去当使臣，并教了他许多对付阿撒哈顿的话。办完了这些事情，这个假拉利亚王就入山去打猎了。狩猎也算成功，他自己打死了两只驴。回来的时候就和他的臣子们饮酒取乐，看奴隶们跳舞。

到了第二天，他照常出朝，并在大殿上问了很多案件，又批了许多折子。公事办完，他又出去打猎。这次打猎，他自己打死一只老狮子，还捕到两只乳狮。打猎回来后，他又同自己的臣子们歌宴取乐。到了晚上，他就同他亲爱的妻子在一起。

一天一天，他就是这样度过的，一直等着那个派到阿撒哈顿王那边去的使臣回来。

约莫过了一个月的时间，使臣居然真的回来了。不过回来固然是回来了，那使臣却少了鼻子和耳朵，并且他还带来了阿撒哈顿王的话：如果拉利亚王不立刻献上贡银，或者不亲自到那里去朝拜他，他就要把用在使臣身上的刑罚，全部用到拉利亚王的身上来。

听完使臣的陈述，此时已经变身为拉利亚王的阿撒哈顿又召集了亲王们，和他们一起商议解决的办法。亲王们都异口同声地说："不如趁着阿撒哈顿还没有打过来的时候，我们自己先发兵攻他的好。"他觉得这个建议可行，便点头允许，立刻集结部队发兵出征。

战争进行到七天，每天这个假的拉利亚王都亲自到各个兵营去慰问，以此来鼓舞军队的士气。到了第八天，拉利亚的军队和阿撒哈顿的军队在河岸旁边的山谷里展开了一场大战。拉利亚的军队自然是很勇敢的，他们一看见敌人便黑压压地从山上一拥而下，布满了山谷，唯恐对方有战胜的形势。而这个假的拉利亚王也驱马冲进战阵的中心，并用全力杀敌。但拉利亚的军队和阿撒哈顿的军队比起来，从人数上讲毕竟整差了十倍之多，这么大的悬殊如何能敌过对方呢？后来这位假的拉利亚王便受伤被擒了。

仅仅九天的工夫，这位假的拉利亚王便同别的囚虏一样，被阿撒哈顿的部队押解上路了。到了第十天，假的拉利亚王被带到了京城去，关在了囚笼里头。这个假的拉利亚王受苦是自然不用说的了，他不但挨饿受伤，单单敌人的百般羞辱，他就忍受不了。他觉得自己忍受的折磨苦处，是没有办法报仇了。如今，只有一件事，他是能够办到的，就是他可以一直强忍着，不让他的敌人看出他的痛苦来，所以他装出十分勇敢的样子来，一句抱怨愤恨的话也不说，无论敌人怎样折磨他，他始终忍受着。

　　他被关在囚笼里头，已经二十天了。他天天等着行刑。他每天都能看见他的亲友被带去行刑，他们承受的刑罚的苦痛，不时有呻吟的声音传来。他们有的被砍掉了手足，有的被活活剥去身上的皮。他看着这许多的惨状，却没有表现出来一点不安、怜惜和恐惧的神情来。后来，他又看见太监鞭打着他亲爱的妻子向前走，他知道他们这是要把他妻子送到阿撒哈顿宫里的女奴房去，但是他还是咬着牙忍受着，脸上一丝悲苦仇恨的表情都不曾流露。

　　最后，来了两个刽子手，他们走过来打开关押他的囚笼，把他两手反绑着送到那血染满地的行刑场去。在那里，他看见一个尸首从带血的尖桩子上卸下来，他认得那个尸首就是他的好朋友。他于是猜想着那个尖桩也将是他丧命的地方。这时，刽子手把他的衣服扒下来，他看见自己健美、强壮的身体已经瘦得不成样子，顿时，他觉得一阵心酸。

　　刽子手拿出夹子，夹住他的身体，然后把他举起来想要放到桩子上去。他心想："自己马上就要死了。"这么一想的同时，他把自己勇敢坚决的初心给忘了，不禁大哭起来，哀求刽子手能够免去他的死刑。可是，没有人肯听他的求饶。

忽然，他像是想到了什么似的，心想："这是没有的事情，我原本是躺在柔软的床上好好儿地睡着呢，这一定是在做梦。我分明是阿撒哈顿，哪是什么拉利亚呢？"他就这样一边想着，一边挣扎着想让自己快点儿醒。这时，他好像听见有人在他耳边小声说："你就是拉利亚，你就是拉利亚！"

他觉得这真是要行刑了，不禁大叫起来。说也奇怪，在他惊叫的同时，他却瞬间从浴盆里把头伸出来，这时他看到那个老头儿正站在他的旁边，正要把最后一点水泼在他头上。

阿撒哈顿不禁长舒一口气，说："我可真是受尽了折磨呀！这个梦怎么会那么长呢？"

老头儿说："长吗？其实你只是刚把头伸进去，便立刻就伸出来了。不信你可以看看，这壶里头的水还没有泼尽呢。现在你明白了吗？"

阿撒哈顿没有回答老头儿的话，只是一直瞧着老人，露出十分惊奇的样子。

老头儿继续说："现在你明白了吗？拉利亚就是你，你处死的那些士兵也是你。不仅仅那些士兵，就是你打猎时打死的那些拿回来作酒菜的野兽，也都是你。你觉得生命只有你自己才有吗？如今，我已经把你头脑里的妄念全部除掉了，你现在就能明白对别人做恶事，也就是对自己做恶事。这世上，完全生命只有一个，而你自己的，也不过是这生命中的一部分。而且，你也只能在这生命的一部分里——在属于你自己的生命中——去发展或者去减少。如果你想在你现有的生命中去发展自己的生命，也只有一个办法。那就是要除掉限制你的生命和别的生命的界线。你要学着把别的生物的生命看作和自己的生命一样。也就是说你要爱他们，像爱自己一样去爱他们。剥夺其他生物的生命，那不是你的权力。那些被你杀死的生物的生命，虽然在你的眼前不见了，可是他们并没有完全毁灭。如果你想延长自己的生命，扼杀别人的生命，你是永远都办不到的。生命这东西，是没有时间和空间的。生命有时候可以说是一刹那，但也可以说是千万年。世界上，任何生物的生命都是平等的。你想要把一个生命杀死或是变更，那是决不能办到的，因为任何生命都是唯一的。很多你所看见的事物也仅仅是我们认为他如此而已。"

这番话说完，就在一眨眼的时间，老头儿忽然不见了。

到了第二天早晨，阿撒哈顿王便下令把拉利亚王和所有的囚犯都赦免了。随后，他又下令废除死刑。到了第三天，他将儿子阿苏巴尼帕召回，把王位传给了儿子。此后，他隐居沙漠，思考他所知道的和曾经做过的一切。他再也没有回过皇宫，而是以一身隐士的装束，行走在国家的各个地方，向他所遇见的每一个人进行宣说：生命是唯一的，人如果对别人作恶，那就等同于对自己作恶。